여성, 시하다

김혜순 시론

여성, 시하다

초판 1쇄 발행 2017년 8월 2일
초판 4쇄 발행 2022년 9월 26일

지은이 김혜순
펴낸이 이광호
펴낸곳 ㈜문학과지성사
등록번호 제1993-000098호
주소 04034 서울 마포구 잔다리로7길 18(서교동 377-20)
전화 02) 338-7224
팩스 02) 323-4180(편집) / 02) 338-7221(영업)
전자우편 moonji@moonji.com
홈페이지 www.moonji.com

ISBN 978-89-320-3014-2 03810

이 도서의 국립중앙도서관 출판예정도서목록(CIP)은 서지정보유통지원시스템 홈페이지 (http://seoji.nl.go.kr)와 국가자료공동목록시스템(http://www.nl.go.kr/kolisnet)에서 이용하실 수 있습니다. (CIP제어번호: CIP2017013839)

여성, 시하다

김혜순 시론

문학과지성사

차례

나는 아직 태어나지 않았으므로

여기 한 여자가 있다. 우리 엄마가 낳은 여자다. 이 세상에 머문 지 1만 7천 일이 넘은 어느 날 그 여자는 질문을 받았다. '왜 문학을 하느냐'고. 그 질문은 그 여자에게 '왜 시(詩)를 하느냐'는 질문으로 바뀌어 들렸다. 왜냐하면 서사 장르에 대항해, 시 장르를 '하는' 운명을 타고난 여자가 자신이라고 생각해왔기 때문이었다. 언젠가 그 여자는 시는 쓰는 것이 아니라 '시 하는' 것이라고 말한 적이 있었다. 그리고 곧 그 여자는 자신이 출산해야 할, 어쩌면 평생이라는 기간을 다 써도 모자랄 긴 잉태 기간을 함께 감내하고 있는 자신의 태(胎) 안의 여자를 떠올렸다.

여기 또, 한 여자가 있다. 여자는 아직 태어나지 않았다. 우리 엄마는 먼 세월 저편에서 나를 낳았지만 그 여자는 아직 태어나지 않았다. 우리 엄마는 나를 낳았지만 그 나는 아직 여자를 낳지 못했다. 여자가 사는 곳이 이토록 어둡고, 이토록 숨막히고, 여자가 이토록 밝은 곳으로 나가고 싶어 하는 걸 보니 여자는 아직 태어나지 않은 것이 분명하다. 여자가 아직 태어나지 못했으므로, 나 또한 아직 태어나지 않았다. 고래 배 속에 갇힌 요나처럼 여자는 아직 태어나지도 못한 채, 컴컴한 배 속에서 이제 아이까지 낳고, 그 아이를 기르고 있는 것이 분명하다. 고래처럼 육중한 내 몸속에 갇힌 여자가 울부짖는 소리,

헐떡거리는 소리, 여자의 아이가 우는 소리 다 들린다. 그런 소리 들리는 날이면 나는 아마도 내 몸으로 '시하는'지도 모르겠다. 여자와 뜨겁게 내통하는지도 모르겠다.

여자는 내 몸속의 바다처럼 '이렇게 있다'. 여자의 골수는 내 등뼈 속에, 여자의 뇌는 내 머릿속에, 여자의 피는 내 핏줄 속에, 여자의 팔은 내 어깨 속에 있고, 여자는 내 몸속에서 내가 글을 쓰는 이 시간을 느낀다. 여자가 느끼는 것을 내가 또 느낀다. 그러나 아직 내가 여자를 낳아주지 못했으므로 여자는 내 안에서 파도친다. 나의 체액과 냄새나는 분비물들로 파도친다. 해변으로 몰려왔다가, 다시 심해로 돌아가기를 반복한다. 거기서 달이 뜨고, 달이 진다. 나는 파도를 낳고 싶다. 나는 '속의 바다'를 출산하고 싶다.

나는 내 속의 여자의 얼굴을 밝은 빛 아래서 대면한 적은 없지만 세세토록 씌어지고 씌어진 수많은 서사 텍스트들 속에서 여자의 얼굴을 읽어낸다. 여자의 감옥을 본다. 그럼에도 나는 여자를 남들이 육안으로 볼 수 있게 온전히 표현할 수가 없다. 그러나 여자는 나만이 느끼고, 듣고, 부를 수 있으니 어찌하랴. 나는 여자로부터의 도피처도 없다. 그러나 여자가 내 꿈속의 주인이니 어찌하랴.

이를테면 이런 여자가 있었다. "서치라이트처럼 비치는 햇빛에 쫓겨다니다 그 햇빛에 강간당해 날개가 다 타버린 여자/아기를 가졌다고 아버지에게 잡아 뜯겨 한정 없이 입술이 풀어진 여자/물새같이 가련한 여자/감옥에 갇혀 알을 낳은 여자/낳은 알을 아버지에게 빼앗기고 돼지우리에 그 알이 던져진 걸 봐야만 하는 여자"(「유화부인」).[1] 이 여자가 누구인가. 해모수에게 겁탈당하고, 아버지 하백에게서 쫓겨났으며, 감옥에 갇혀 주몽을 낳은 유화부인이다. 나는 나의 여자를 보듯 유화부인을 본다. 말씀에 짓눌린 여자를 본다. 나는 여자를 구해주는 상상을 한다. 그 여자를 품에 안는 상상을 한다. 서사 텍스트 속에 사로잡혀 밖으로 나오지 못하는 시 그 자체인 여자를 나의 노래로 살려내는, '시하는' 상상을 한다.

내시경을 받느라 몸속에 불을 켤 때마다 나는 생각했다. 몸속은 정말 어둡구나. 한 점의 빛도 들어올 수가 없구나. 이 깜깜한, 구멍 뚫린 항아리, 날이면 날마다 먹을 것을 공양해도 '가득 찼다'고 말해주지 않는 콩쥐의 물 항아리 같은 몸을 늘 끌고 다니는구나. 내 속의 여자는 빛이 무서워 벌벌 떨고 있구나. 여자는 '텅 빔'과 '깜깜함'으로 나와 함께 있구나.

나는 여자를 보고 싶어 안달이 난 사람처럼 여자를 찾아다

1. 김혜순, 『한 잔의 붉은 거울』, 문학과지성사, 2004.

닌다. 나는 벼랑에 붙은 가랑잎을 주워 그 이파리를 뒤집어 본다. 이파리의 속에서 이파리의 표면을 가득 움켜쥔 잎맥의 모습에서 여자를 본다. 여자는 잎맥처럼 나를 움켜쥐고 있다. 나는 포르말린에 담겨진, 평생 독을 마신 간 한 닢을 뒤덮은 검은 핏줄기 속에서 여자를 본다. 저 언덕 위 나뭇가지 위에서 먹이를 발견하고 마악 날개를 펼치기 시작한 독수리에게서 여자를 본다. 날개를 편 독수리는 멀리서 보니 검은 나뭇잎 한 닢처럼 보인다. 그것이 나를 낚아채려 한다. 빈틈없이 두 몸을 밀착시키고, 스무 개의 손가락을 스무 개의 갈고리처럼 얽은 연인의 자태에서 나는 여자를 본다. 그 손가락들은 칼로 내리치기 전엔 떨어지지 않으리. 나는 바다에서 쫓겨나 몸 밖을 뛰쳐나오려는 듯 바짝 말라버린 살을 움켜쥔, 완강하고 미세한 생선의 뼈와 가시들 속에서 여자의 손가락들을 본다(시 「detective poem」에서 부분 인용).[2] 나는 '속의 여자'를 볼 수 없어 내 밖에서 여자를 찾아다닌다. 돋보기를 든 추리소설의 탐정처럼 여자와 나의 얽힌 구조를 읽어내려 한다.

한 여자가 수술대에 누워 있다. 때로는 여자의 등이, 때로는 여자의 얼굴이 외과의의 매스에 의해 지퍼처럼 주욱 열리고

2. 김혜순, 『한 잔의 붉은 거울』.

있다. 여자는 피를 줄줄 흘리면서 큰 소리로 아르토를 읽고 있다. 수술이 끝나자 여자의 얼굴 양쪽엔 징그러운 뿔이 달려 있다. 나는 오를랑의 수술 퍼포먼스를 텅 빈 미술관에서 혼자 보다 말고, 무릎이 탁 꺾인다. 사람들은 여자의 아름다움을 칭송했다. 그러나 여자는 그 찬양의 말들이 싫었다. 여자는 밥 먹고 잠자고 화장하고, 그렇고 그런 일에 바치는 시간을 뺀 일생, 50페이지짜리 시로 남을 수 있을지 말지 한 일생을 남의 기준에 맞춰 사는 것이 참을 수가 없었다. 문화적 상징들이 새겨지고 연출되는 무대가 된 여자의 몸, 의미 부여를 통해 박제가 되어버린 여자의 몸, 여자는 의미가 가득 새겨진 몸이 되기를 거부했다. 여자는 자신의 껍질이 실망스러워 견딜 수 없었다. 여자는 끊임없이 그 껍질, 가면을 수술과 분장 퍼포먼스로 바꾼다. 나는 여자의 수술 퍼포먼스와 작업 사진들을 보면서 오를랑이 오를랑 속에서 오를랑을 꺼내기를 바랐던 것은 아닐까 생각한다.

내 몸으로 시를 쓴다는 것은, '시한다'는 것은, 내가 내 안에서 내 몸인 여자를 찾아 헤매고, 꺼내놓으려는 지난한 출산 행위와 다름이 없다. 나에겐 신화시대부터 면면히 이어져온 이야기와 시들을 통해 의미를 주던 아버지들로부터 도망쳐 너를 사랑하면 할수록 더욱더 내 몸속에서 나오고 싶어 안달인 여자가 있다. 사랑의 욕망으로 꿈틀거리는 여자와 내 몸이 쌍둥이처럼 맞붙어 다시 태어나려는 몸짓, 그 자가(自家) 출산이 '몸하는' 시다. 그리하여 '시하는' 것은 내가 아니다. 이 껍질인, 이 외부적으로 관계를 맺는 자아인, 시적 화자인 내가 아니라 내 속의 여자가 나로 하여금 여자를 낳도록 독려하는 것이다. 내가 아기를 낳는 것이 아니라 아기가 스스로 산도를 따라 내려오고, 내 몸이 반응하여 열리는 것이리라.

나의 엄마는 먼 세월 저편에서 나를 낳았다. 어머니를 담뿍 받아들여 나는 의미의 때가 하나도 붙지 않은 생명이 되었다. 어머니는 나에게 자신의 몸을 주었다. 그러나 어머니는 내 몸 안에 없다. 어머니는 '없음'으로 내 안에 존재한다. 태어나지 않은 아기의 모습으로 존재한다. 어머니는 나에게 전부 있지만, 그러나 몸속에 불을 켜고 살펴보면 거기 존재하지 않는다. 그렇다. 여자는 없다. 나에겐 시적 대상도 없다. 나는 '시함'으로 내 속에 들어찬 어머니, '텅 빈 신성함'을 낳으려 한다. 어쩌면 내가 낳으려는 '깜깜한 신성함'인 여자는 폴리뇨의 성 안젤라가 환영 속에서 본 '텅 빔' '하나의 심연' '이름 붙일 수 없는 것', 빙엔의 힐데가르트가 본 '정오의 하늘 한가운데 나타난 가슴속의 수레바퀴' '달걀 모양의 영상' 같은 것과 통하는 것인지도 모르겠다.

삼국유사의 노힐부득은 밤중에 아이 낳은 여자를 목욕시키고 나서 그 붉은 물이 황금으로 변하는 것을 본다. 그리고 곧 도망가버린 달달박박이 보지 못한 관음보살의 현신을 여자에게서 발견한다. 원효는 갈증 난 그에게 월경대를 빨던 물 한 바가지를 건방지게 건네주던 여자에게서 관음보살의 현현을 본다.

아아, 나는 언제 내 속의 여자를 출산하게 될까. 그리고 내가 낳은 신령스러우나 텅 빈, 깜깜하고 '더러운' 어머니를 목욕시키는 영광을 갖게 될까. 그리고 과연 언제 그분이 관음이란 걸 스스로 알아보게 될까.

아마도 아직 태어나지 않은 내가 내 속의 어머니를 낳으려고, 여자인 나를 낳으려고, 나는 '시하는'가 보다.

쓰레기와 유령

아버지의 생명과 자신이 속한 공동체를 구하기 위해 모험을 떠나는 주인공을 다룬 탐색담 신화는 전 세계 도처에 존재한다. 이 신화들은 "주인공이 버려진다, 부모가 병에 걸린다, 부모의 생명을 구하기 위해 여행을 떠난다, 돌아와 부모의 병을 구하고 높은 지위에 오른다" 같은 네 가지 화소를 공통적으로 갖는다.[1]

그럼에도 이중에서 「바리공주」의 다른 신화들과 구별되는 지점은 주인공이 딸(여자)이기에 유기되었다는 점, 신화의 마지막까지 주인공(바리)[2]이 이름이 없다는 점, 신화의 마지막 부분에서 주인공이 죽음 여행의 안내자(샤먼)가 되기를 스스로 선택했다는 점 등이라 할 수 있다. 특히 현실세계에서의 역할(벼슬) 제의나 영토(나라의 반) 증여를 뿌리치고 자신의 역할을 이쪽이 아닌 저쪽[3]과의 경계의 자리에 설정하는 것에서,

1. The Queen who sought a Drink from a Certain Well(Scotland), The Island of Cacafouillat(France), Brother Grimm's "The Water of Life"(Germany), The King of Erin and the Queen of the Lonesome Island(Ireland). 이와 더불어 저승으로 떠나는 여행을 다룬 신화는 동양 삼국을 예로 들어보아도 만주의 「니샨샤먼」, 일본의 「천충희」, 한국의 「바리공주」 등 그 수가 많다.

2. '바리데기'는 고유명사가 아닌, '버려진 아이'를 가리키는 보통명사라 할 수 있다.

3. 이쪽저쪽이라는 단어를 선택한 것은 공간을 이승과 저승, 현실과 환상처럼 물리적으로 나눌 수 없다는 생각에서다. 현존하는 것을 일차적인 것으로 간주해, 다른 쪽을 결여로 간주하지 않기 위해서다.

이 신화가 남성적 세계(아버지의 영토 세계)로부터의 분리를 도모하는 것을 목표로 삼고 있다고 볼 수 있다. 바리는 아버지의 영토ground가 닿을 수 없는 장소를 스스로 개척(포기)하고, 아버지의 공동체 밖에 매 순간 되풀이되는 이별의 공동체를 상정하는데, 이 지점이 바리와 다른 신화들과 분리되는, 다른 여성신화들과도 분리되는 지점이다.[4]

> 아버지는 왕이다
> 여자는 일곱째 딸로 태어난다
> 아버지 엄마는 딸이라서 딸을 버린다
> 여자는 구덩이에 사는 할머니 할아버지 집에서 산다
> 여자는 끝끝내 이름이 없다. 여자의 이름은 그냥 버린 아이다
>
> 아버지가 죽을병이 걸렸다는 소식이 들려온다
> 군인들이 여자를 찾아낸다
> 아버지를 구할 생명수를 구해 오라고 한다
> 행복하고 귀한 사람들은 갈 수가 없는 곳 죽어야 가는 곳

4. 김혜순, 『여성이 글을 쓴다는 것은』, 문학동네, 2002. 나는 이 책을 통해 바리데기 신화와 여성시의 물의 언술, 들림, 영감, 공간, 증후, 사랑, 몸 등에 관해 서술했다.

여자는 죽음의 세계를 유랑한다
여자는 죽어서 결혼한다 여자는 죽어서 아이 낳는다
여자는 물 삼 년 불 삼 년 나무 삼 년 죽어서 산다
여자는 물과 꽃을 발견한다

그 물과 꽃으로 아버지의 병이 낫는다
아버지는 여자에게 나라의 반을 주겠다고 한다 여자는 거절한다
여자는 죽음의 강을 건네주는 사람이 된다[5]

'바리데기'는 이름 없는 자의 이름이다. '바리'라는 이름은 지금 이쪽 우리의 언어로 '쓰레기'[6]다. 쓰레기의 여정이 바리의 여정이다. 쓰레기처럼 버려져서 죽었다가 다시 물과 꽃이 되어 돌아와 약(선물)이 되는 여정, 그러나 보상을 받기보다는, 물과 꽃이라는 이미지를 구해 여행을 끝내기보다는 끝끝내 과정인 여정, 이쪽과 저쪽의 사이가 되는 여정. 어쩌면 떠

5. 바리데기 신화의 줄거리, 화소는 그대로 둔 채, 지금 이쪽의 단어, 어조 들로 변용하였다.

6. 쓰레기가 '쓰다가 버려진'의 의미를 가지고 있다면, '바리데기'에는 '쓰다가'라는 용도성이 제외되어 있다.

돎 그 자체인 이 이야기를 우리나라의 샤먼들이 죽음의 제의[7]에서 부른다. '바리데기'는 신화이면서 제의이고, 노래이며 애도다. 이 이야기의 구송이 끝나면 굿의 의뢰자들은 망자가 죽음의 강을 건너 환생의 도돌이표 안에 들어갔음을 알게 된다.

바리데기는 세 번의 버림을 받는다. 첫번째는 딸이라서 버려지는(죽는) 것이고, 두번째는 죽음의 장소로 들어가 여행(탐색)하고 결혼하는 것이고, 세번째는 넘나드는 자로서의 영구적인 작업에 참여하는 것이다. 나는 이 세 번의 부재(죽음) 경험이 바리데기의 시적 여정, 여성시인으로서의 나의 시가 '시하는' 경험들이라고 생각한다.

나는 여성시인은 이렇게 세 번의 죽음 경험을 통해 자신의 '시'라는, 여성시인만의 언술을 발명한다고 생각해왔다. 여성시인의 시는 첫번째 죽음 여행의 시, 두번째 죽음 여행의 시, 세번째 죽음 여행의 시로 구분할 수 있다. 첫번째 죽음 여행의 시는 자신이 버려짐, 부재, 쫓겨남에 처해진 존재라는 사실을 깨닫거나 분노를 표출하는 시다. 이런 유형의 시는 대개 독백적 진술을 주로 하며, 자아를 극적인 무대에 세운다. 자

7. 예를 들면 서울 진오기 굿의 말미거리에서는 서너 시간에 걸쳐 구송된다.

신의 일상을 무대에 오르게 하고, 화자는 시 안에서 징징거린다. 이 유형의 시는 소녀인, 미성숙한 화자를 내세운다. 화자는 끝끝내 어머니로서의 정체성을 팽개치고, 자신의 태생적 한계 주변을 서성거린다. 두번째 죽음 여행의 시는 가정과 체제, 공동체 내에서 잠식당한 자아 정체성을 노래한다. 이 노래들은 한결 일상적이거나, 현실적인 문제들을 시의 배면에 품고 있으며, 시 안에서 성숙된 여인이 화자로 등장한다. 모성을 내세우거나 부과받은 모성성을 비난하며, 자신의 결혼, 관계, 노동을 화제로 삼는다. 세번째 죽음 여행의 시는 분열적이고, 산포되며, 공동체의 주문에 대해 분열된 자아 정체성, 분자화된 언술을 들이미는 발명자들의 시다. 이런 유형의 시의 화자는 어떤 복수성(複數性)을 내포한 듯 보이기도 한다. 이 유형의 시들은 언어의 운용, 모국어 문법에 대한 파괴에 열중하기도 하고, 남성과 여성으로 환원되는 은유 체계에 대한 전복, 다성악적 파동의 언술을 내보이기도 한다.

첫번째 죽음

할머니, 할아버지, 내 아버지, 내 어머니는 어디 계시냐?
네 아버지는 하늘이요, 네 어머니는 땅이로소이다.
할아버지, 할머니, 거짓말 말아요. 천지가 인간을 골육(가족)으로 두느냐?

1-1. 아버지 엄마는 딸이라서 딸을 버린다

공동체는 아기를 유기했다. 아기는 벌거벗은 자연으로부터 벌거벗은 모습으로 이쪽에 도래했지만 공동체는 아기를 거두지 않았다. 아기는 추방되어 죽음에 처해졌으므로 어떤 자연, 어떤 권력으로도 파괴할 수 없는 맨얼굴을 갖게 되었다. 갓 태어난 아기는 가장 늙은 얼굴이면서 가장 새로운 얼굴이다. 겉으론 순종적인 것 같지만 가장 기괴한 모습이다.

바리가 자신의 양육자에게 질문한다. 바리는 하댓말을 쓰고, 조력자는 존댓말을 쓴다. 이런 대화법은 이 신화의 구송자가 바리가 고귀한 존재라는 사실을 놓지 않고 있으려는 존중감의 발로로 보인다.[8] 고귀한 존재로 태어났으나 공동체를 실망시켰기 때문에 바리는 공동체 내부에서 방출되어 버려졌

8. 바리공주로 명명되는 것 또한 그런 태도에서 비롯된다.

다. 버려져서 '쓰레기'라는 이름을 갖게 되었다. 그 여자가 어느 날 자신의 동일성, 주체성에 대해 양육 조력자에게 질문을 던진다. 자기 동일성에 대한 질문은 자기 차별성에 대한 질문이기도 하다. 이 질문에 이어 감정이 대화 속에서 발생한다. 바리가 '거짓말 말아요'라고 외치고 있다. 이때 바리의 존재 자체는 정서적 차원에 묶여 있다. 그리고 신화 속에서 바리의 주체 찾기는 더 이상 진행되지 않는다. 마치 바리의 삶이 더 이상 진행되지 않는 것처럼 다른 화소로 급히 옮겨간다. 바리는 이 구덩이에서 첫번째 죽음을 통과 중이다. 첫번째 죽음은 피동형의 죽음이다. 자아에게 고유한 것, 자존을 세워줘야 할 것들이 무너졌다. 자아는 보전되지 않았다. 이 죽음은 밖에서 와서, 자아에게서 자아를 끊어내는 경험의 시작이 되었다. 이 경험은 현재를 무한히 지연시키며 자아를 무덤 속에 가두어놓고 두려워서 꺼내볼 수 없게 하는 기괴한 여성적 내면 형성의 시작점이 되었다. 이 막다른 곳은 누군가의 명령이 있지 않고서는 열릴 수 없는 어떤 한심한 위치이다. 바리는 타인의 관심이 있지 않고서는 다시 죽음 밖으로 나갈 수 없다. 바리는 공동체 밖에 있으나 공동체에 의해 실존이 묶여 있다. 바리의 존재 자체가 타자성의 영역에 익명으로 묶여 있다. 그러나 바리 신화는 이 부분에서 다시 한 번 능동성, 스스로 죽음을 선택하는 죽음 여행을 통해 자신 너머를 발견할 수 있으리라는 기대와 가능성을 갖출 기제를 마련한다. 그것은 바리를 기르는 변두리 조력자(농업 혹은 종교에 종사하는 인물)의 바리에 대한 존중 때문이다. 그러나 이 피동성이라는 자질을 부정적으로 볼 필요는 없다. 이것은 절대 주체의 공포가 무엇인지를 드러내는 기제가 되면서 동시에 바리에게 타자가 되는 소중한 경험을 하게 하기 때문이다. 그러면서 변두리 조력자들이라는 절대 주체 밖의 존재를 부상시켜 변두리 삶 속에서의 능동적 가치를 오히려 증거해준다. 정치 사회적 동일성, 그 체제 밖의 존재들의 헐벗음 속에서 오히려 발견되는 관계들의 친밀성과 초월성, 환대를 드러내준다.

여자는 잘려버린 머리카락처럼 공동체 내부에서 방출되었다. 이 경험 때문에 여자는 자율적 주체가 아니라 자신이 비본질적인 객체, 타자라는 첫번째 자각을 하게 되었다. 이 자각으로 분열적이고, 비합리적인 정념과 같은 것들, 여성적 신체와 노동의 발견 같은 것들로 관심이 옮겨갈 수 있게 되었다. 애당초 역사가 없으므로, 방출되었으므로, 여성시에겐 기댈 전거가 없다. 비전통적이고 비체계적인 외마디 원망과 기존 가치 체계에 대한 부정성이라는 자질만 가지고 있을 뿐이다. 그럼에도 첫번째 주체의 익명적인 무의미한 있음(죽음)이 없었다면 두번째 죽음(저쪽)이라는 경험적 지평에 도달할 수 없을 것이다. 유기체로서의 연결과 협조, 그 일로 귀착하는 영원히 유동하는 관계의 장소를 발견할 수 없을 것이다. 이쪽과 저쪽 사이에서의 중간자로서의 새로운 지평을 가질 수도 없을 것이다. 창조적이고, 유희적인 새 모국어를 가질 수도 없을 것이다. 타자로서의 경험이 담론의 틀에 구겨 넣을 수 없는, 새로운 글쓰기의 시작이 될 것이다.

첫번째 죽음이 두번째 죽음, 영원히 공동체 밖으로 걸어나가, 완전한 암컷의 어둠으로 들어가는 시간을 예비해놓고 있었다.

1-2. 여자는 끝끝내 이름이 없다, 여자의 이름은 그냥 버린 아이다

택배기사들이 초인종을 누르고, 포장지들이 뜯긴다. 텔레비전을 사고 헌것은 버린다. 신발을 사고 유행 지난 신발을 버린다. 어떤 사물, 인간도 내적인 이유에 의해 버려지지 않는다. 유행과 새 기호가 소비를 지배한다. 우리는 이미 버린 것에 관심이 없다. 쓰레기들이 몸과 몸을 맞대고 깨끗한 비닐봉지에 싸여 청소차를 기다린다. 도시의 변두리에서 쓰레기 산이 솟아오르고 매립지를 오가는 트럭들이 바쁘다. 하루라도 트럭이 나타나지 않으면 도시는 금방 더러워지고, 냄새를 풍긴다. 우리의 성자인 청소부들이 청소를 거부한, 더러운 거리는 마치 도시의 자연은 바로 쓰레기장의 현현이라는 사실을 역설적으로 증거해준다. 우리는 쓰레기를 감춤으로써 이 삶을 영위해간다. 트럭이 비워지면 다시 버려진 것들이 청소차를 기어오른다. 새로운 것은 열정이며 지향해가야 할 가치이고, 버려진 것은 잉여이고 추함이며, 역겨운 것, 귀찮은 것, 죽은 것, 다시는 들여다보지 말아야 할 것이다. 신자유주의는 노골적인 자기 동일성과 나르시시즘으로, 혹은 위장된 세계화(상품은 국가적 경계를 뭉개며 이동하지만, 사람은 더욱 강한 국민국가적 경계에 부딪히는 모순된 상황)로 백화점 뒤에 붙은 그림자처럼 쓰레기 산을 끌고 간다.

쓰레기는 조금 전까지 이름이 있었으나 지금은 이름이 없는 것. 버려진 것, 쓰레기라는 한 가지 보통명사로 통일되어 있다. 생산품에게는 이름이 있다. 그것에게는 고유한 용도와 적용할 법과 언어와 내용이 있지만 쓰레기에게는 그런 것이 없다. 쓰레기는 지워야 할 것, 이름이 없으므로 폐기되어 마땅한 것. 이 호모 사케르들을 죽이고 폐기하는 것은 범법 행위가 아니다.

우리는 이 자연을 감춤으로써 이 도시를 깨끗하게 유지하는 척한다. 그러나 쓰레기라는, 결코 우리의 일부가 되지 않는 이 자연이 우리의 한계를 시험한다. 우리의 안을 바깥으로 타격하고 경고한다. 우리의 안을 부정하며 우리를 위협한다.

쓰레기는 난민 트럭에서처럼 덩어리로 뭉쳐져 있을 뿐, 개별성이 없다. 그것은 헐벗었고, 적나라하지만 얼굴도 이름도 없다. 그것을 버리면서, 그것을 태우면서 감수성의 윤리적 동요는 일어나지 않는다. 그것은 누구의 얼굴도 아니다. 그것을 대할 땐 양심도 필요 없다. 그것은 폐기된 것이고, 구별되지 않는 것이며, 그것을 무엇무엇의 공동체라고 부를 수도 없다. 그것에겐 숨 쉴 수 있는 구멍조차 없다. 사실 그것은 보이지 않는다고 말해야 옳다. 눈앞에서 사라지면 그만이라고 하는 것이 옳다. 그것은 심지어 형상조차 아니라고 해야 옳다. 관념도 아니며, 사물도 아니며, 자연도 아니다. 그것은 심지어 내장조차 아니고, 사체조차 아니다. 그것에겐 변증법을 들이댈 명목도 없다.

당신이 떠난 자리에 맥주병 두 개 담배꽁초 한 개 메모지 두 장.
왜 내 전화를 먹니? 메시지를 먹니? 먹을 게 그렇게 없니?
당신은 통신 부르주아. 나는 왜 항상 전화가 무섭니?
나는 당신이 쳐다보면 항상 무엇으로 변해야 할 것 같아. 소파에 고꾸라진 옷 뭉치로 변하는 건 어떨까?

아니면 뒤집어져서 버둥거리는

모든 짐승의 불쌍한 배처럼 얄따란 분홍색

누군가의 입술에 매달린 풍선껌은 어떨까?

당신은 아니?

눈동자의배꼽신. 팔뚝의귓바퀴신.

고구마무릎의사과씨신. 돼지발톱의병아리신.

꿈꾸는물방개의물푸레나무신. 어여쁜아가씨의뒤꿈치발톱신. 개미귀신의고양이눈깔신. 쥐구멍의고양이몸뚱아리추깃물신. 총체흔드는아줌마팔뚝의코끼리신. 프레온가스처럼터져나오는침방울 사자의썩은입냄새보다더굴욕구역질침샘신.

당신은 당신과 나의 사지에 매달린 신님들 모두 아니?

당신이 떠난 자리에 젖어버린 수건 뱉어버린 껌 뭉개진 토마토. 저마다 몽땅 몸을 빌려준 고마우신 검은 비닐봉지님들. 내 발아래 콘크리트와 철근과 유리창의 깍지 낀 팔뚝들이여.

그 팔뚝들을 집요하게 내리치는 기계해머팔뚝들이여 드높아라.

전세계의 돼지여 단결하라 신. 전세계의 고양이여

버터가 되자 신. 손목들이여 팔뚝을 탈출하라 신.

축구선수 입에서 튀어나오는 욕설 무더기 고등어 시체 신.

인도에는 신님들 수가 3억. 사람은 거기 모두 몇 명 살까?
하늘 땅 바다에서 몰려온 별의별 신님들.
당신이 떠난 자리에 내가 마치 쓰레기 신처럼 좌정하고, 사람에 대한 공복으로 이제껏 버티고 계신
저 더럽게 제일 높으신 신님처럼
쓰레기 매립지로 가는 초록색 트럭을
기다리고 있다는 거, 아니? 모르니?
매일 매일 빠져버린 당신과 나의 머리카락들이
저 멀리 바다에서 빙산 녹은 물과 섞이고 있다는 거, 아니? 모르니? 당신콧구멍의콧털따가운지구한방울신![9]

우리를 둘러싸고 함께 살아가고 있는, 이름 있는 자들은 이름이 없는 쓰레기에 관심이 없다. 쓰레기는 어둡고 수치스러운 비밀이며 장애물이다. 쓰레기는 일견 가난한 자, 이방인, 고아, 난민의 얼굴을 하고 있지만, 그들이 스스로 쓰레기가 된 것이라고 할 수 있을까? 그렇기에 그들이 나의 연민의 대상이라고 할 수 있을까? 그들의 얼굴은 출근 지하철의 짐짝 같은 내 이웃 승객들처럼 혹은 지중해를 건너는 배의 이름 없는 헐

9. 김혜순, 「전세계의 쓰레기여 단결하라」, 『당신의 첫』, 문학과지성사, 2008.

벗은 승객들처럼 한 덩어리로 적나라하다. 그들은 해결할 수 없는 심연의 모습으로, 잊어버리려 하면 할수록 망각 속에서 솟아오른다. 그들의 얼굴은 내가 비참하게 버려졌을 때, 내가 죽음에 다가갔을 때, 국가의 무기력함으로 지뢰처럼 터지는 재앙들 앞에서 목격한, 마주한 이웃의 얼굴이며, 나의 국가 공동체 혹은 가부장제의 폭력 앞에서 내가 감당한, 나를 둘러싸고 있는, 바로 나 자신의 구멍인 어둠이다. 그들은 바로 '바리'라는 이름처럼 이름 없는 이름을 갖고 있다. 그러나 그 부재하는 이름이 나를 시의 장소로 움직이게 한다.

암컷이라는 그 어둠 속에서 여성인 나의 시는 발진한다. 이름 없는 주체, 의도나 행위의 기원도 갖지 않은 주체, 어디에도 귀속될 수 없는 감정이나 어떤 내밀성만을 가진 몸, 혹은 무명의 시적 행위, 그 발견인 나의 시가 탄생한다. 여성시인에게 요구되는 수치, 배려의 감정, 모성성, 나이별로 부과되는 동일성 대신에 어둠 속에 기거함, 쓰레기처럼 버려진 채 한 덩어리로 존재함, 거기에서 상호반응하는 쓰레기의 무늬를 그리는 나의 시가 탄생한다.

'나'의 시는 '나'의 이름을 지우고 가는 장소입니다.

그곳에서 '나'는 '나'의 이름이 제일 무서운 사람입니다.

시는 이름 아래로 추락한 자의 언어입니다.

왜냐하면 이름이 죽음을 나르고 있기 때문에.

시에서는 '내'가 '나'를 제일 견딜 수 없기 때문에.

이름으로부터 가장 멀리 도망갔을 때 비로소 시가 시작됩니다.

시는 '이름'을 넘어서, 정체를 넘어서, 익명으로 번진 내가 그린 무늬. 그 무늬의 도안. 도안 속에는 어디론가 다시 무늬를 그리며 이행해 나아가려는 동사가 된 형용사들이, 동사가 된 대명사들이, 동사가 된 명사들이 흩어지는 곳. 그 도망의 비밀.[10]

나의 이름이 추락하면, 나의 동일성이 사라지면, 그제야 이름 없는 시의 장소들이 출현한다. 내가 그 누구도 기억하지 못할 장소에 도착한 것 같은, 내가 누구인지도 알 수 없는 그곳, 다른 곳. 나는 이름을 벗어나 이름 붙일 수 없는 가냘프나 광활한 무엇이 되려고 한다. 그때 나는 일인칭이 아니라 육인칭이고 칠인칭이다. 그곳에선 '나'는 나 아닌 것과의 사이에 있는 어떤 틈을 부르는 지칭이며, 이름 아래 태어났지만 이름을

10. 김혜순, 「시의 이름」, 『않아는 이렇게 말했다』, 문학동네, 2016.

잃은 쓰레기 같은 것들, 쓰레기 산에 사는 것들을 부르는 어떤 복수(複數)의 이름이다. 사라진 경험의 조각들, 잔해들, 먼지들, 그 뿌연 안개 속에 내가 걸어간다. 시 속의 내가 걸어간다. '나'는 모르는데 바람의 느낌으로나마 알고 있는 것만 같은 그 열망의 세계. 시시각각 모양을 바꾸는 뭉게구름처럼 이름이 하얗게 지워지는 그 세계. 이름의 나라에 환기하는 무위의 행위. 침묵의 비밀. 부재의 퍼레이드. 이름을 벗음으로써 비로소 아름다워지는 그 어느 세상의 망각. 부재의 황홀경. 그 연약하나 광대무변인 세계를 지어 올리는 손길에 대하여.[11]

나의 이름, 너의 이름, 사물의 명사성이 추락하면, 무언가를 말하지만 무언가를 지칭하지 않는 언술이 생겨난다. 그것은 의미를 멀리 두는 현전, 말하기 자체에 집중하는 익명인 인간의 목소리, 언어의 자연이다. 공동체를 탈존시키는 언어, 공동체에게서 이름을 빼앗는 언어, 명사의 세계이기보다는 형용사적인 세계, 아니 명사도 없고 형용사도 없는 부사만 있는 세계. 명사적 동일화의 환상을 벗어난 그 한없는 열림, 무체제. 이름의 바깥. 그러면서도 내적인 가치를 지니는, 서로의 다름을 침해하지 않는, 유동하는 비선(非線)들의 세계, 평등한 세

11. 김혜순, 「시인의 이름」, 『않아는 이렇게 말했다』.

계, 나는 그곳을 열망한다. 주체를 찾기보다 주체의 분자화가, 어둠의 강변에 가득 떠오른 반딧불처럼 개체이면서 무리인 잉여의 덩어리가 날아간다.

두번째 죽음

또 한 번 배가 보이는데 그 배는 불도 없고 달도 없고
임자도 없고 조용히 흘러가고 있었다
저 배난 어떤 밴고?
그 배에 있는 망자는 자식이 없는 귀신, 해산하다 죽은 망자,
사십구재도 받지 못한 망자, 길을 잃고,
죽음의 세계를 모르는 주인 없는 배이로소이다
여자는 크게 슬퍼하면서 염불해서 그들이 극락왕생하도록 해주었다

2-1. 아버지가 죽을병이 걸렸다는 소식이 들려온다

아버지의 죽음이 임박했다는 사건에서부터 또 다른 여성적 글쓰기는 시작된다. 여성은 아버지를, 죽음을 극복할 글쓰기를 구상한다. 그렇지만 여성 자신은 글쓰기의 면면한 역사로부터 배제되어왔음을, 모국어의 상징체계로부터 추방되어왔음을 깨닫게 된다. 이때 여성은 먼저 자신의 글쓰기를 포기하

고자 한다. 더 이상 남성적 상징 체계를 공고히 하는 데 자신의 글쓰기를 포함시키지 않고자 한다. 소명의 망각과 반복의 일상이 바리를 점령하듯이.

구송자는 바리가 아버지의 병을 구할 약수를 가지고 다시 돌아올 때의 경험을 노래한다. 바리는 저쪽에서 결혼하여 아이를 낳고 살다가 화들짝 망각에서 깨어나 약수를 들고 귀환하는 도중에 저쪽으로 가는 배를 만난다. 이 대목에서 구송되는 노래를 통해 우리는 바리가 여행한 장소가 이쪽의 확장인 동시에 이쪽의 바깥인 저쪽이며, 죽은 자들이 안전하게 도달하여야 할 장소, 그러나 아버지의 약수를 구해야 할 소명이나 목적을 잊을 수 있는, 시간의 제약이 사라진 장소임을 알게 된다. 저쪽은 여성으로서의 결혼과 양육, 노동이 행해지는 장소이면서 약을 구하는 사명을 행해야 하는 이중구속이 있는 장소다. 저쪽엔 이쪽의 언어나 아버지의 규칙이 닿지 않는다. 그러면서도 실재 세계이고, 추방당해 방황 끝에 머물게 된 장소다. 바리는 저쪽에 머물면서 이쪽의 통과의례를 감당해야 하는 양가적 존재성을 갖고 있다. 그곳, 저쪽에서 이쪽으로 돌아오려면 어떤 시적 발견이 있어야 하고, 그에 대한 여성적 돈오(頓悟)가 뒤따라야 한다. 이후 죽음의 심연인 강을 건너 귀환해야만 한다.

저쪽으로의 여행은 바리가 떠나기 전 다른 모든 형제들이 거부한 것처럼 여행자의 죽음을 담보로 한다. 바리는 다시 한 번 죽음에 처해진다. 유한성에 처해진 공동체를 구하기 위한 무한성 탐사 여행자로 선발되었기 때문이다. 바리는 이 필사적인 여행의 한가운데 역설적으로 가정을 만드는 경험, 일상적인 여성 노동을 위치시킨다. 바리는 두번째 죽음에 처해짐으로 첫번째 죽음으로부터의 탈출이 가능해졌다. 바리는 강을 건너가 저쪽에서 아이 낳고, 노동하고, 빨래하고, 물 긷는다. 하지만 저쪽에서 바리는 공동체(아버지)의 죽음을 자신의 죽음으로 떠맡고 있다. 구성원 모두가 거절하였지만 바리는 공동체가 죽어가는 것을 목격하고, 자신의 죽음(저쪽)에 존재하기를 선택하였다. 바리는 그렇게 죽어가는 이(아버지)의 죽음을 떠안음으로써 비가시적인 장소를 스스로 열게 되었다. 저쪽의 발견이 결국 공동체 밖에 존재하는 외존을 가능하게 하였다. 그 외존 가운데 여성의 결혼과 노동과 구약(救藥)이 있다. 바리가 가정생활을 하는 곳이 저쪽이라는 설정은 매우 암시적이다. 바리의 여성으로서의 통과의례들을 죽음이 둘러싸고 있는 것이 아니라 바리의 노동과 의무(공동체가 여성에게 부과한 출산과 가사노동)가 죽음을 둘러싸고 있다고 볼 수도 있다. 이쪽이 저쪽을 품고 있고, 저쪽이 이쪽을 품고 있다. 바리가 이 여행 후에 영원히 공동체를 벗어나 스스로 선물되기를 실현하는 것은 여성의 통과의례를 통해(혹은 디아스포라적 경험을 통해) 타인, 혹은 다른 곳과 맞물려 존재하기를 스스로 발견해낸 때문이라고 볼 수있다.

그렇다고 저쪽에서의 거주를 몸의 초월이나, 여성적 존재의 초월적 의지의 반영이라고 할 수는 없다. 그것은 다만 여성적 실존을 둘러싼 외재성, 외적 실재의 반영을 넘어서는 어떤 이미지의 세계(물과 꽃)를 초청하는 것이었다. 바리의 노동 공간은 바깥인 동시에 비가시적 외부다. 바리는 이 공간에서 공동체의 소명을 잠시 망각하고 있으며, 공동체의 명령을 은닉하고 있다. 바리는 아버지가 없는 곳, 공동체의 명령이 미치지 않는 비밀의 영역에서 자못 행복하다. 그러나 이미지의 소환과 유지를 통해 소명을 환기하며 이쪽을 발견하게 되었다. 기억이 이미지를 환기하는 것이 아니라 이미지가 기억을 환기하게 되었다.

나의 시에서 말하는 자는 나도 아니고, 너도 아닐 것이다. 나의 시에서 말하는 '나'는 이 세계 안에서 죽어가는 자, 이 세계에서 매 순간 추방되는 자일 것이다. 시는 나의 죽어감을 피력하는 장소다. 이 죽어감이 나의 수동성, 언어의 불가능성을 고백하게 만든다. 나는 이미지 속에 들어찬 하나의 보잘것없는 움직임이다. '나'는 사건 속에 울려 퍼지다가 사라지는 메아리이다. '나'는 나를 지배할 수 없다는 것을 아는 자이다. 그로 인해 자아가 파열되는 것을 시편마다 목격하는 자이다. 죽음(아버지)을 치유할 수 없게 되자, 누구도 그것을 행하려 하지 않자, 그 구약 여행이 '나'에게 넘어왔다. 이것이 모국어를 쓰는 여성으로서의 시 안의 '나'의 실존이다. 여성인 나의 언어는 바리처럼 공동체를 구할 존재로 선발되었지만, 죽음에 들려서 언어의 불가능성을 껴안은 자의 슬픔에 찬 목소리다. 나의 '시하기'라는 행위(이미지를 발견하고 유지하는 노동)를 모국어의 불가능성이 뒤덮고 있다.

여성시의 화자는 자아를 사유하는 주체로 인식하지 못하는, 단지 몸으로 느끼고 행동하는 감성적 주체, 행위자다. 그러나 시간도, 공간도 자유롭게 건너뛰는 신체 기반적 수행 주체다. 이쪽과 저쪽을 동시에 살아내는 주체 망각의 분열 주체다. 그러나 그 주체가 기르는 이미지 속에 공동체의 죽음과 생명을 운반하는 소명과 의지가 숨어서 숨 쉬고 있다.

2-2. 여자는 물과 꽃을 발견한다

이때 바리는 반쯤 죽어 있었다. 밥 짓고, 빨래하고, 아이를 낳지만 자신이 이쪽이 아닌 저쪽에 머물고 있음을 잊고 있었다. 자신이 이쪽과 저쪽으로 분리된 존재라는 사실을 망각하고 있었다. 바리는 사유하기를 정지한 채 있었다. 그러나 이쪽에서 바라보면 저쪽의 바리는 디아스포라적 존재, 죽음 공간에서의 유령 주체였다.

바리는 가사노동의 현장에서 느닷없이 자신의 허드렛물이 약수임을 깨닫고, 정원의 꽃이 강을 건널 도구임을 깨닫는다. 이것은 마치 절대 주체인 아버지에 의해 버림받아 첫번째 죽음에 처해진 경험, 쓰레기가 된 처지에서 스스로를 일으켜 여행자가 된 것, 객체로서의 자신에게서 다른 가치를 발견하는 것은 모두 동일한 경험이다. 바리는 자신의 몸을 통해 저쪽에서 이쪽을 수신하게 되었다. 자신의 아내, 어머니로서의 정체성의 허구를 발견하게 되었다. 시적 이미지의 발견이라는 사건을 통해 바리의 존재 내부에서 변화가 생겨나고 있음을 예고할 수 있게 되었다. 이 깨달음은 스스로에게서 다른 것을 일으키는 시적 과정이라 할 수 있었다. 바리는 저쪽의 현실에서 다른 현실을 일으키고자 했다.

여성시인은 두번째 죽음의 강을 건너서 또 한 번의 비동일성 경험을 하게 된다. 험난한 고난의 길을 지나 저쪽에 이르렀지만 그곳에는 가정이라는 내부가 있었다. 가정은 저쪽의 이쪽이라 부를 수 있는 겹침의 장소다. 저쪽은 공동체 내부로부터는 두번째 내쫓김의 장소였지만 여전히 여성 정체성이 부과되는 곳이었다. 그러나 바리는 저쪽에서 여성노동을 통해 사물들(물, 꽃)을 발견하고, 가정으로부터의 구속에서 분리를 실현하게 된다. 다시 한 번 자신이 결혼과 출산에 의해 죽음에 처해졌으며 자신의 공동체 내부(이쪽)로 돌아가서 사물, 이미지의 가능성을 질문해야 한다는 소명을 회복하게 된다. 다시 한 번 죽음을 죽지 않고서는 자신의 언어를 발명할 수 없다는 것을 깨닫게 된다.

여성의 시는 '스스로 그러한' 사물들의 공동체인 자연을 지향한다. 자연의 벌거벗은 얼굴들을 지향한다. 죽음의 계곡 한가운데서 버려진 아기를 기른다. 여성시는 저쪽이라는 비가시적 세계 내부에서 이미지를 발견하고 양육한다. 공동체의 혀에 얹힌 모국어 대신 상상적 실재, 내밀성에 침잠하느라 오히려 대면하게 된 공동체의 외부에서 내적 이미지를 기를 수 있게 된다. 외부 속에 내부가, 내부 속에 외부가 초청된 것이다. 이런 이미지의 발견과 양육은 추방되어 살아가는 경험 속에서 사물들을 이해하고 초청함으로써 오히려 세계를 개진해 나갈 수 있는 가능성이 발견될 수 있음을 암시한다.

여성의 시에선 이미지와 그 운동이 즉자적으로 움직인다.

사물은 빛이고, 이미지는 움직임이다. 이 움직임 속에서 사물과 이미지들이 아상블라주한다. 두번째 죽음을 통해 물이나 꽃의 이미지가 새로운 것(생명수와 개안)으로 변모된다. 이미지가 사물들의 새로운 존재 방식을 요구한 것이다. 그럼에도 물이나 꽃은 저쪽에서의 이쪽의 발견, 이쪽에서의 저쪽의 발견이라는 기제 없이는 빛을 낼 수가 없다. 물은 약수가 되지 않는다.

바리의 두번째 죽음은 첫번째 죽음을 벗어나는 여행이 되었으며, 이미지를 초청하여 역설적으로 이쪽을 다시 발견하는 여행이 되었다.

나의 시에서 말하는 화자는 유령 화자다. 저쪽이 품은 자다. 내가 시를 쓰기 시작하면 영감이 아니라 유령이 솟아오른다. 꿈속을 보게 하는 희미한 빛처럼 저쪽의 사물들이 피어오른다. 메시지도 없고, 목적도 없고, 아버지의 나라에 대한 기억은 희미한 밥 짓는 연기로 만든 밧줄 정도일 뿐이다. 기억은 흐린 흔적일 뿐, 모든 순간이 죽음이고, 모든 순간이 다시 살아냄이다. 나에게서 솟아오르는 이미지들이 이쪽과 저쪽을 스미게 한다. 그러나 순간적으로 등장하는 빛의 깜박임, 씌어지자마자 지워져버리는 사물, 나는 그 언어를 내 것이라 할 수 없다. 그 이미지를 내 것이라 할 수 없다. 오히려 그들의 것이라고 해야 한다. 내가 저쪽으로 향하는 배에 싣고 가는 타자들의 것이라고 해야 한다.

유령 화자의 목소리는 내밀성으로 침잠할수록 정상성으로부터 멀어지는 목소리다. 바리는 한 가정의 여인인 것 같지만 내면은 기괴한 이미지로 가득 차 있다. 그 기괴한 이미지가 죽음의 묵시록을 불러온다. 떠날 준비가 된 것이다. 가정이라는 공동체와 다시 한 번 부딪혀 그 공동체의 의무 부여로부터 완전히 멀어질 준비가 된 것이다. 이때 여성시에 환상이 개입한다. 이때 환상은 서사 장르에서처럼 유희 자체를 위한 것이 아니라, 여성시인의 저쪽(외부적)의 실존을 언어화하려는 의지와 관련된다.

세번째 죽음

환궁하여 정좌한 후에
대왕마마는 여자에게 물었다
이 나라 반을 너를 주랴
나라도 싫소이다

3-1. 아버지는 여자에게 나라의 반을 주겠다고 한다, 여자는 거절한다

바리는 가정으로부터 탈피하여 다시 한 번 공동체 내부로 돌아온다. 자신이 발견한 이미지(저승에 핀 꽃과 저승에 고인 물) 아버지를 구하고, 아버지로부터 공동체 내부의 거주를 비로소 허락받았지만 그 제안을 거절한다. 그 대신 자신이 죽음과 사람 사이의 경계, 반쯤 죽었고, 반쯤 살아 있는 존재로서 죽은 자를 저승으로 보내는 역할을 맡겠다고 제안한다. 바리는 저쪽의 경험을 통해 공동체 밖의 장소, 다른 공동체의 장소, 영토 없는 공동체를 제안한다. 죽음과 삶의 경계의 장소를 발견한 다음, 그곳에, 그 부재의 장소를 한없이 여행하리라는 의지를 표명한다. 아버지의 권력이 닿지 않는 곳에서의 소임을 맡겠다는 의지다. 이쪽도 아니고 저쪽도 아닌 무당과 같은 중개자의 장소를 제안한다. 무당은 신병의 체험, 죽음에의 응시, 사회로부터의 추방을 통해 이전의 자아와 결별함으로써 타자의 죽음과 이후의 삶을 만나는 존재다.

여성시인의 시는 공동체 내부에서의 거부 반응을 거부의 문장으로 되돌려주는 것으로부터 시작한다. 이 공동체는 여성인 '나'를 포함시키길 거절해왔다. 그러나 이 공동체는 내가 내 의지로 더 이상 체제 내부에 존재하기를 거부할 때, 존재하지 않음이라는 새로운 시적 체험을 시작할 때, 그 허약한 존재성이 백일하에 드러나는 보잘것없는 세계가 아니었던가? 나는 시 속의 '내'가 탈주체화된 존재라는 사실, 내가 영토 없는 장소에 머문다는 사실을 받아들인다. 남성적 동일화의 세계는 '내'가 원하던 세계가 아니었다는 사실이 자명해졌다. '나'는 그들과 같아지기를 원하지 않았다. 그러므로 '내'가 원하는 것은 '내'가 우월하다고 말하려는 반동일시가 아니라 너의 세계 너머를 원한다는 것이다. 이 단호한 거절이 새로운 시적 언술의 발견의 단초가 된다. 거절함으로써 여성시인은 존재의 취약성 너머 우주적 웅대함을 전신으로 받아들일 수 있게 되고, 그곳을 방황하는 외로운 넋들과 일대일로 만날 수 있게 된다. 이럴 때 여성시인은 죽은 자도 산 자도 아닌 관계의 비주체적 설정, 익명적 설정, 바로 그 관계 자체, 사이 자체를 향해 나아갈 수 있게 된다. 여성시인 '나'는 나에게도 죽은 자에게도 귀속되지 않는 어떤 공간을 가동시킨다. 바로 그 공간, 관계 자체와 공감만 있는 공간이 새로운 나의 조국이며 세계가 된다. '나'는 저쪽을 향해 자리 잡고 저쪽을 향해 전진하는 것처럼 보이지만 이쪽으로 돌아온다. 이쪽에서도 마찬가지로 한다.

여성시인의 시 속의 화자는 반쯤 살아 있고, 반쯤 죽어 있다. 혼성적이고 탈동일시된 제3의 정체성을 가진 화자다. '나'

는 외피가 아니고, '나'는 순수하게 현전하는 감각과 순수하게 부재하는 시간 사이에 존재하는 화자다. 순수하게 존재하는 부재는 끝없이 나를 죽음에 처하게 하고 끝없이 나를 저쪽으로 밀면서, 반대로 이쪽을 끌어와 스스로 내어줌, 허여(선물)를 베풀게 한다. 저쪽은 이쪽의 허여이고, 이쪽은 저쪽의 허여다. '나'는 매번 나를 상실하며, 매번 나를 나라고 부르지 못하며, 매번 추방에서 돌아와 다시 추방에 처해진다. 여성시인의 '나'는 스스로를 상실한 자, 다만 행위(건너감)만이 있는, 타자를 저쪽에 보내야 하는 자, 이쪽과 저쪽 사이를 헤매는 나이다. '나'의 세계는 바리의 강처럼 사이에 있고, '나'는 나로 돌아올 수가 없다.

바리데기 신화를 여성 주체를 발견한 텍스트로, 혹은 연민이나 보살핌의 이타적, 윤리적 텍스트로 읽을 수는 없다. 주체의 발견이란 말에 함정이 있을 수 있다. 바리는 한 번도 이름을 가져본 적이 없다. 자신의 정체성을 찾은 적도 없다. 주체가 밖으로 나아가 다시 자신에게로 돌아오는 변증법적 여정을 거치지 않았다. 바리가 선택한 공동체는 고정된 공동체가 아니라 과정으로서의, 끝없이 유동하는 여정의 공동체다. 바리데기 신화는 공동체에서 추방됨으로써 자신의 정체성, 동일성을 탈각한, 무한한 외존을 발견한 여자의 기록이다. 이후

수많은 이본들로 산포되며, 굿의 연희 현장에서 죽은 자와 산 자의 정념 속으로 움직이는, 점처럼 분산되어 그물처럼 스며드는, 시간과 장소마다 변화하는 텍스트다. 이것이 바리데기의 세계화다. 바리데기 신화는 '자아의 신화화'나 '주체성 찾기', '자율적 주체'와 무관한, 오히려 상호감응적인, 주체 분열의, 불화하는 음정들의 부재하나 매 순간 존재 바깥으로 이끌리는, 멀어져 떨어져가는 타인의 죽음에 자신을 묶어두는 언술 주체를 발견하는 여성성의 움직이는 거처다. 그것은 마치 잔존자들의 증언처럼 아직 말해지지 않는 것에 대해 말하려는, 말할 수 없는 것에 대해 말하려는, 의미화할 수 없는 파국의 잔해를 끌어안은 여성시의 언어다.

3-2. 여자는 죽음의 강을 건네주는 사람이 된다

후여 슬프시다
열두 혼백 남 망제님 아홉 혼전 여 망제님
선후 망은 여러 망제님
천 지옥을 면하시고
만 지옥을 면하시고

오늘은 여자 뒤를 따라 산천은 상문 지게 벗으시고
장군님 전에 물고 지게 벗으시고 만조 상에 원근 지게 벗으시고
거리거리 지게 벗으시고 완생 극락 구원천도
산 이 성불해가시는 중이로서니다

바리의 연희 현장에서 무당의 고객은 죽은 자를 잃은 슬픔의 공동체다. 무당은 노래로써 바리(여자)를 따라 저승으로 짐(지게) 벗고 가라고 죽은 이를 인도하고 있다. 무당은 이 애도의 노래를 오래 반복한다. 주술이 될 때까지 반복한다. 문장 하나하나에 음색이 진동한다. 변주가 진동한다. 무당의 몸에 죽은 이가 살기 시작한다. 그의 이별을 나의 이별로 하고, 그 죽음을 내 죽음으로 삼자 죽은 이가 죽음 속에서 소멸하는 것이 아니라 죽음으로 살아가는 모습이 보이기 시작한다. 죽음 사건이 공동의 사건이 된다. 연희의 장소가 무당과 무당 밖의 다른 이들을 잇는 보이지 않는 큰 강으로 변한다. 그 안에서 죽은 자와 산 자, 보내는 자와 만나는 자의 상호감응이 일어난다. 이때 바리를 부르는 무당이 바로 바리가 된다. 무당은 이름 없는 쓰레기가 되었기 때문에 오히려 죽음을 현현하게 된다. 애도의 강물이 우리를 뒤덮는다. 복수인 우리가 한 강물에 휩쓸린다.

타자의 죽은 몸은 어떤 파동의 모습으로 무당에게 울러 퍼

진다. 파동이 부서진 유리가루처럼 무당의 몸에 부딪쳐 부서진다. 희한한 파동의 기하학에 사로잡힌 무당이 그것을 노래로 현현한다. 무당의 내적인 몸이 단골의 죽음(부재)를 받아들이는, 그럼으로써 자신을 탈주체화하는 상상적 과정을 거치자, 그 몸이 다시 공동의 몸으로 작동하기 시작한다. 죽음은 무당의 몸에 얹힌 파동인 동시에 어떤 목소리이며, 흐르는 에테르의 시작이다. 그 파동 때문에 굿당에 모인 사람들은 이쪽으로부터 벗어나 저쪽으로 다시 저쪽으로부터 이쪽으로 이름을 훌훌 벗고 넘나드는 자유의 몸을 느낀다. 다른 이, 죽음에의 감응이 전부를 뒤덮는다. 그곳에서 우리는 다른 이의 죽음으로 우리의 죽음을 느낀다. 서로가 서로를 느낀다. 죽음을 마주한 우리라는 공동의 몸은 이쪽이 아니라 저쪽의 몸이기도 하다는 것을 느낀다. 동시에 무당의 입에서 흘러나오는 구성적 존재인 노래의 몸이기도 하다는 것을 느낀다.

노래가 익명(죽은 이)의 현전을 가져온다. 죽은 인간(이름 없는 쓰레기)이 설명되는 것이 아니라 노래 속에 현현한다. 우리는 죽었으나 다른 곳에서 살아가는 한 인간을 시적 현실 속에서 감각한다. 굿당에 모인 사람들이 죽은 사람의 목소리를 듣고 전율한다. 그렇게 드러나는 몸, 죽었으나 살아 있는, 살아갈 몸이 바로 '몸의 글쓰기'가 실현한 몸일 것이다. 내 몸 그 자체라기보다 몸의 느낌, 몸의 죽음과 삶이 동시에 현시된 몸말이다. 죽음과 삶의 경계를 무너뜨린 벌거벗은 자연(세계화된 몸)의 목소리가 출현하는 그 순간, 우리는 저쪽의 몸을 함께 갖고 있다.

무당은 바리데기 구송의 현장에서 망자의 죽음을 구조화하고, 표현한다. 무당은 재현적 현실을 드러내는 것이 아니라, 감각과 정념을 드러냄으로써 굿당에 모인 관객과 상호감응한다. 그 감응을 따라 굿당에 모인 사람들의 이쪽을 벗어나는 자유가 만개한다. 무당은 노자의 여성적 은유, 계곡들처럼 세계의 빈 곳들, 구멍들을 현시해, 우리가 바로 다른 사람이 일으켜 세워지는 감응의 구멍들임을 일깨운다. 우리의 얼굴이 우리의 얼이 기거하는 골짜기임을 일깨운다. 계곡, 암컷의 텅 빈 주체인 내 얼굴에서 말이 터져 나오게 함으로써, 타자의 살아감을 내 안에서 허여하게 한다. '나'에게서 '당신'의 세계를 가로지르는 유희하는 여정이 각자의 자리에서 각기 다르게 시작된다.

바리의 세번째 죽음은 이렇게 한없이 무한한 '사이'인 이쪽과 저쪽의 넘나듦에 있었다. 말하자면 무당은 굿당에 모인 사람들을 시의 장소로 데려간다. 전국에 흩어져 산종하는 바리데기의 이본들처럼 분열하는 텍스트들 속에서 비합리적인 감정들, 움직이는 점들이 비산(飛散)한다, 무당의 구송을 통해 드러나는 타인의 몸, 무당과 죽은 이라는 둘이 합쳐진 공동의 말하기가 시작된다. 그렇게 이어진 파동적 산종에 의해서 이쪽을 건너 저쪽으로 가는 움직임의 강물이 열린다. 다시 저쪽에서 이쪽으로 돌아오는 강물이 열린다. 이 강물은 나와 너의 바깥이다. 우리에겐 이미 이 바깥이 있었다. 서로에게로 향해 가는 무위의 움직임이 있었다. 이쪽을 저쪽의 결여라고 볼 수 없고, 저쪽을 이쪽의 결여라고 볼 수 없다. 죽음을 건네주는 뱃사공의 노처럼 앞뒤로 끝없이 반복되는 삶과 죽음, 그것의 리듬과 그 리듬으로 인한 영원한 유목, 탈세계화가 시작된다. 문화적으로 가공된 동일성, 정체성의 환상이 깨어지고 허물어진 곳에서 '무엇(민족, 국가, 체제)'이라고 지정할 수 없는, 아무것도 아닌 것에 대한 정념으로 배가 나아간다. 그럴 때 나의 시는 이름을 버린 자가 이름 없는 자에게 한없이 나아가는 파동 위에 뜬 한 척의 배와 거기서 들려오는 노래 같으리라. 반대로 저쪽에서 파동을 타고 거슬러 비밀의 골짜기로 다가오는 바리의 목소리 같으리라. 그곳의 파도는 책 없는 책장처럼 펼쳐져서 넘어가리라.

귀、안으로의 무한

1.

오늘 내 귀에는 어떤 소리들이 쏟아져 들어왔나. 저녁에 집에 돌아와 떠올려보면 아름다운 소리는 하나도 없었다. 나는 그저 이 도시에서 소음과 마주하고 있었다. 인간과 인간이 만든 기기들이 저마다의 소리를 내고 있는 도시에서 나날의 삶을 영위하고 있었다.

시인은 귀로 시를 쓴다. 시인은 말이 그친 곳에서 쓴다. 시인은 말할 줄 모르는 두 귀로 말 아닌 말을 쓴다. 귀가 하는 말, 그것이 시다. 시는 입으로 하는 말이 아니어서 신음, 한숨, 노래, 비명과 비슷하다. 이명과도 비슷하다. 김수영의 시와 시론으로 말하면 기침, 가래, 침과 비슷하다. 시인은 귀로 들어온 것을 구축해 귀로 쓴다. 육안으론 보이지도 않는 이미지를 실제의 내 귀로는 들을 수도 없는 '귀말'로 쓴다. 시인은 지금 여기에서 지금 여기의 사후(事後)를 듣는다. 시인은 마치 번개 뒤의 천둥처럼 번개 속에 있으면서 이미 천둥을 쓴다. 이데아를 두 번씩이나 모방해서 겨우 하는 짓이 다른 세계, 아무것도 아닌 세계, 부재의 세계를 읊어대는 자들. 그러니 얼마나 시인을 추방하고 싶었을까? 귀로 두 번 걸렀으니 얼마나 국가에 위해한 말이었을까?

귀는 눈에 비해 그저 구멍이다. '오늘 나는 이 구멍으로 무엇을 말했나. 오늘 내 귀에서 나간 소리들은 다 어디로 갔나. 소리가 내 꿈이 되었나. 아니면 저 들판이 되었나. 저 파도가 되었나. 그러나 이 두 구멍은 그저 나선형으로 구부러진 채 수동적으로 '있을 뿐'이다. '너와 내가 말하고 있을 때 귀는 무엇하고 있었나.' 그러면 귀가 대답한다. '나에게 붙어서 나 아닌 것인 것처럼, 가만히 있었지.' 나는 또 질문한다. '너와 내가 마주 서서 아무 말 없이 가만히 서 있을 때 우리는 무엇을 들었나. 그때 누가 와서 말했나.' 그러면 귀가 대답한다. '우리 사이의 침묵처럼 귀가 와서 말했지.'

누구나 일인방송국처럼 떠들어대는 세상이다. 가상공간 어딘가에 집을 짓고, 혼자 입을 열어 누구의 귀가 열려 있는지도 모르는 채 우선 말부터 한다. 가상공간의 집을 장식하려고, 사진기를 들고 다니고, 남의 작품을 양해도 구하지 않고 긁어가서 벽을 꾸민다. 모두가 일인 편집자, 비평가, 프로듀서가 된다. 떠도는 말 속에서 생겨났다가 떠도는 말 속으로 사라져가는 말들. 하이데거의 잡음어가 끓어 넘친다. 지하철을 타고 가면서 사람들이 전화기에 대고 하는 말을 들어보면 대부분 '나 어디 가고 있어'라고 한다. 통신상에서나 거리에서나, 어디서나 '나 어디 가고 있어'라고 한다. 아마 마지막, 우리 모두가 가게 되는 그 어두운 상자에 도착할 때까지 우리는 '나 어디 가고 있어'라고만 말할 것 같다. 그리하여 흘러넘치는 남의 말들을 듣지 않으려고 우리는 각자 자기만의 나날의 사운드 트랙과 나날의 드라마(서사)를 휴대하고 다니다가 심해에서 올라온 잠수부처럼 이어폰을 빼고 잠깐 어리둥절한 표정으로 상대를 바라볼 뿐이다. 그렇다면 누가 듣는가. 누가 들어주는가. 누가 영혼 따위를 휴대하고 다니나? 누가 침묵 따위를 듣고 있겠는가? 누가 아무도 보지 않는 어두운 방 하나 지펴서 간직하고 다니겠는가? 그 어두운 방이 생성 중인 이미지의 창고를 간직하고 있겠는가? 모두가 자신만의 '나르시스'의 연못을 휴대하고 다니는 시대, 누구나 모니터에서 자신에게 '거울아, 거울아, 나 지금 살아 있니? 나 지금 예쁘니? 나 지금 나 아닌 거 맞지?' 묻는 시대다.

귀는 어두운 방이다. 과거의 우물이다. 구멍이다. 내가 이승의 마지막에 도착하는 구덩이의 현현이다. 귀로 말한다는 말은 내 구멍을 뒤집어 말하기라고 말해도 될 것 같다. 그러나 귓속에는 아무것도 없다. 그저 어두움이 차 있을 뿐. 그저 비어 있을 뿐, 그저 깊을 뿐. 이 깊고 텅 빈 것에 대한 내밀한 몰입이 귀가 하는 말, 시 쓰기이다. 귀는 어머니의 자궁 속의 산도처럼 나선 달팽이형으로 구부러져 있다. 시는 그 깊은 것, 안으로 무한한, 여성적인 것이 말을 하게 한다. 아무것도 없는, 아무것도 아닌 것이 말을 하게 한다. 그것의 말을 듣고 있으면 정서는 더 집중되고, 감정은 더 짙어지고, 이미지는 더 높은 곳으로 상승한다. 그것이 공기 중에 파장을 일으킨다. 그러면 몸이 반응한다.

시인에게 귀는 몸의 축소판이자, 몸 자체다. 시인은 귓구멍처럼 텅 빈 자이지만, 귀처럼 열려 있는 자다. 귀의 말은 그것이 퍼지고 공명하는 하나의 파장, 하나의 움직임, 공기 중에 퍼뜨린 생멸의 밀도다. 그러기에 한의학에서는 귀에는 우리의 발바닥이나 손바닥처럼 신체 전체의 혈 자리가 모여 있다고 한다.

귀는 코와 입처럼 하나가 아니라 둘이다. 그러나 귀는 이분법을 박멸하는 기관이다. 눈과 귀는 왼쪽과 오른쪽의 공간적, 시간적 불일치로 입체를 감각한다. 귀는 맥박 치듯 진동으로 듣고, 진동으로 말한다. 그리하여 귓속에는 3차원적 소리의 건축이 들어선다. 그 건축을 따라 귓속 허방에 발을 들여놓는다. 오솔길을 지나 대문을 열고 들어가면 꽃밭이 나온다. 꽃나무가 흔들리고, 부엌문이 열리면서 엄마가 나오고, 장지문이 열리면서 아빠가 기침을 하며 내다보는 옛날 옛적 꿈꾸던 집이 열린다. 그리고 그 기와지붕에 내리비치는 햇살과 바람, 저녁의 빛깔이 돋아나온다. 귀는 부피를 듣느라 두 개다. 안팎이 있고, 칸칸이 방이 있는 집, 그 따스한 건축물 속에 귀는 태아처럼 벌거벗은 채 맥박 치는 나를 안치하고 있다. 귓속에는 은밀한 익사체처럼 3차원, 4차원의 내가 숨어 있고, 귀 속에는 귀가 또 열려 있다. 눈은 눈꺼풀이 있어 자의적으로 열고 닫을 수 있지만 귀는 닫을 수 없다. 고스란히 언제나 열려 있다. 바다처럼 뚜껑도 없는 귀.

귀는 태아처럼 생겼다. 태아로 태어나 태아로 죽는 기관. 오죽하면 태아 가르강튀아가 정맥 속으로 미끄러져 들어갔다가 귀에서 탄생한다고 했겠는가. 태아는 물속에 잠긴 고래처럼 듣는다. 나는 지금 나의 쌍태아를 두 손으로 덮어본다. 내가 엄마 배 속에 있을 때는 참 시끄러웠다. 살수차가 한 대 지나가자, 유람선이 부웅 기적을 울리고, 그리고 출근 전동차가

힘겹게 출발하는 소리가 들린다. 엄마의 배 속은 몇 개의 전동차가 엇갈려 지나가는 철로 같았다. 그중에서도 한 번도 쉬지 않는 엄마의 맥박은 소리로 만든 나의 둥우리였을 거다. 나는 귀처럼 몸을 웅크리고 그 소리들을 오로지 듣고 또 들었을 거다. 몸 전체가 하나의 귀였을 거다. 어느 날 엄마의 그 소리들이 심장을 하나 만들었을 거다. 쿵쿵 울리는 소리의 근원을 말이다. 나의 첫 태동을 만들었을 거다. 팔에서 뻗어 나와 서로 갈라져 각각 이름이 다른 손가락 열 개를 만들었을 거다.

시인의 귀는 엄마 배 속의 태아처럼 그렇게 '있다'. 토끼 굴 속의 아기 토끼처럼 그렇게 '있다'. 깊은 바위 속의 물고기처럼 그렇게 '있다'. 소리도 언어도 아닌 침묵과 같은 자신의 정체를 듣고 '있다'. 언어에 의미가 붙기 전, 그 박동을 실현하고 '있다'. 내가 소리를 듣고 있지만, 난 이미 그 속에 들어가 웅크려 '있다'.

고래의 노래는 귀로 들리지 않고, 몸을 진동시키며 들려온다. 고래의 노래는 귀의 노래처럼 몸으로 직접 온다. 뼛속으로 직접 온다. 폭풍처럼, 번개처럼, 죽음처럼. 그 소리를 오래 듣고 있으면 두 손이 모아진다. 태아처럼. 눈이 감기고 몸이 웅크려진다. 태아처럼 자폐아는 사람보다 고래와 더 잘 대화를 나눌 수 있다는 말을 어디선가 읽은 것 같다.

마음은 귀다. 귀처럼 고요하다. 그러기에 내가 지금 말하고 있는 귀는 마음처럼 존재가 아니라 경험이며, 실체가 아니라 요체다. 나는 지금 '귀'라고 불리는 존재, 실체에서 '귀로 쓴다'라고 말해지는 어떤 경험을, 그 경험 속에 들어 있는 아름다움을 말하고 있다. 마음은 귀처럼 시계 반대 방향으로 휘어진 파이프다. 이 마음은 시시각각 변한다. 우리의 곁에서 '소리'라 불리는 것이, 공기 분자를 흔드는 사건이 매 순간 일어나고 있다. 파동이 일어난다. 소리의 파동은 물결처럼 흔들려 고막을 진동시킨다. 몸속의 가장 작은 뼈들과 보이지도 않는 털들이 수초처럼 귓속 어두운 곳에서 흔들린다. 파이프 속은 텅 비었지만 그것이 울리면서 요체인 마음이 올라오는 거다. 텅 빈 파이프로 소릿결이 몰려 들어가 귀의 수면을 진동시키자 눈, 코, 입, 귀 같은 여러 구멍을 둘러싸고 있는 내 얼굴, 그 가면에 표정이 떠돈다. 가슴이 설레고, 두근거린다. 내 목소리가 내 얼굴과 가슴의 리듬에 반응해 시시각각 음색을 달리한다. 이 발화의 순간들이 있기에, 그 소리가 순간적으로 사라지기에 '귀'가 아름답다고 말할 수 있을지도 모르겠다.

귀, 이 검은 구멍은 일평생 들어온 소리를 내부에 간직하고 있다. 몸을 흔들던 진동을 간직하고 있다. 입을 다물고 부르던 노래들을 간직하고 있다. 그래서 결국 진동이 마음이 된다. 구멍이 말을 하는 순간, 저 깊은 곳 어딘가에서 소리가 올라온다. 귀가 연주를 시작한다. 시인이 그것을 받아 적는다. 시는 구멍의 리드미컬한 연주를, 음악을 받아 적는 행위를 일컫는다. 시는 귀가 연주하는 음악에 실려 떠오른다. 한 시인이 자신의 삶을 마주하고 감각했던 마음이 종이를 두드린다. 검은 글씨가 리드미컬한 언어 속에서 행진한다. 의미를 짓뭉개고 전진해온 이미지가 박동한다. 아무도 이해해주지 않아도 좋을, 박동하는 언어가 펄떡인다. 들리는 생각이 그림을 그린다.

귀는 눈보다 코보다 입술보다 '빚어졌다'고 말하기 좋다. 귀는 꼭 손으로 빚은 것 같다. 사람이 죽으면 그의 귀만은, 그 구멍만은 아주 오래도록 이곳에, 그러나 보이지 않는 모습으로 남을 것 같다. 그리고 자신이 사라져버린 없는 세상을 계속 들을 것 같다. 뇌 속으로 보내지도 못할 소리를.

귀의 부속 기관들은 매우 작다. 귓속에 들어 있는 뼈들은 인간을 만들고 남은 뼈들을 주워다가, 장인의 골방에서 세공했을 법한 작은 것들이다. 그 작은 것이 크고 깊은 곳을 향한다. 그 작은 주머니 속에 집채보다 큰 소리가 깃든다. 약한 것 속에 엄청난 소리들이 깃든다. 속삭이는 소리, 꽃이 피는 소리, 꽃이 시드는 소리, 먼 곳에서 눈꺼풀을 닫는 소리, 붉은 소리, 푸른 소리, 무엇보다 누군가 울기 시작할 것 같은, 무언가 시작하기 전, 그 전의 소리 같은 그 작은 기미가 우주적인 세밀화를 우리 앞에 현현한다.

2.

눈을 뜨자마자 오늘은 심상치 않다고 느낀다. 일어나 걷기 시작하자 나를 둘러싼 공기가 언젠가 멸종한 거대한 짐승의 혼처럼 무게와 부피를 가졌다고 느낀다. 그것이 몸을 짓누른다. 숨이 막힌다. 감각기관들을 무뎌지게 한다. 내 몸을 살아 있는 이불이 둘러싼 것 같다. 온몸으로 저항해도 막을 수 없는, 거대한 남자의 손길 같은 이불의 손길이 느껴진다. 나는 '공기가 살아 있다. 거대한 짐승처럼'이라고 써본다. 공기가 나를 조인다. 공기는 투명하지 않다. 공기는 가볍고도 끈질긴 손길을 가졌다. 강한 손길이다. 그렇게 하루가 간다.

다음 날부터는 그 공기 짐승이 귀로 들어온다. 일단 밖에서 들리는 소리들이 불투명해진다. 소리를 그 짐승이 이빨에 꽉 물고 있다가 내게 뱉는다. 공기 짐승의 이빨의 힘은 무척 강하다. 뿌리쳐지지 않는다. 누군가와의 대화가 불가능해진다. 전화기 속에서 들려오는 사람들의 목소리를 구별하지 못하게 된다. 음악 속의 어떤 음역대를 에코가 물어뜯고 있다. 어느 음역대에 짐승의 목울대가 끼어든다. 우엉우엉하는 소리 같다. 웃는 소리는 아니다. 우는 소리일까 생각해보기도 한다. 그러다 갑자기 짐승의 소리와 전적으로 교감하게 된다. 짐승의 언어엔 부재의 세상으로 가는 기차가 마지막으로 정차할까 말까 망설이다 속력을 낼 때, 간이역이 내는 울음소리 같은 절박과 고독이 섞여 있다고 믿어버린다. 함락된다.

내 발걸음의 균형이 점점 틀어진다. 고개를 숙이면 천 길 낭떠러지로 떨어진다. 머리를 흔들면 머리칼이 지구 밖까지 휘날린다. 나는 흩어진다. '나'라는 실체가 사라진다. 불투명한 공기 짐승에게 먹혀버렸다. 나는 공기로 끓여진 죽처럼 되었다. 이것을 나라고 부를 수 있나. 누군가 '나'라는 그 죽사발을 들어 휘리릭 마셔버려도 될 것 같은 기분이 든다. 흡 흡 흡 심

호흡을 해본다. 나는 이제 그 죽 속에서 무언가 '나'라는 작디 작은 기미를 찾으려고 허우적거린다.

나의 뇌의 회랑에서 그림들이 쏟아진다. 무수한 그림들. 그림들이 뇌의 회랑에 떨어져 찢어지고 밟힌다. 기억 속의 인물들이 찌그러진 얼굴로 바람에 쓸려 내려간다. 누구도 좋아하지 않는다. 아무것도 중요하지 않다. 모두 먹혀버렸다. 그 불투명한 짐승에게는 말이다. 그것의 아가리가 중요함, 중요하지 않음, 사랑함, 사랑하지 않음, 해야 함, 해야 하지 않음의 경계를 다 먹어버렸다.

아침에 눈을 뜨자마자부터 잠들기까지 나는 소리의 고문에 시달린다. 세상은 빛처럼 공기처럼 소리로 가득 차 있다. 더구나 도시의 삶 속엔 기계음이 가득 차 있다. 모두 불쾌하고, 불편하다. 그중에서 나라는 기계가 이제 망가져가고 있다. 눈뜨자마자 냉장고가 부르르 떤다. 불을 켜면 형광등이 부르르 떤다. 변기가 덜컥 내려간다. 자동차가 아스팔트와 마찰음을 일으킨다. 지하철은 소리의 덩어리다. 그중에서도 끝없이 이어지는 아나운스먼트는 나를 질식시킨다. 사람들은 모두 전화기를 꺼내들고 아우성을 치고 있다. 모두 비명 소리로 들린다. 식당은 끓는 가마솥 같다. 그 속에서 아우성치며 먹어대는 사람들의 입이 끓고 있다. 여기요! 사리 하나 더요! 끓고 있다.

필요한 소리만 골라 듣던 예전의 내 귀는 편집 기능을 가진 기관이었다는 것을 새삼스레 깨닫는다. 이제 나는 귀의 편집 기능을 잃었다. 소리들이 살을 벗고 벌건 눈을 번뜩이며 내게로 벌거벗은 채 육박해 들어온다. 나는 저절로 운다.

모처럼 비가 내린다. 빗속에서 나를 물고 있는 에코 짐승이 물러난 것처럼 느껴진다. 나는 전심전력 빗소리에 집중하며 고궁까지 걸어간다. 점점 빗소리가 좋아진다. 빗소리는 소리의 껍질을 벗고 내게로 달려든다. 나는 그 빗소리 속에 목욕한다. 심지어 내 감각기관의 경계가 벗겨지는 걸 느낀다. 어느새 비가 귀다. 천지에 '귀' 온다. 어느 순간, 비와 나는 몸을 훅 섞는다. 나는 비처럼 흩뿌리는 물이 되었다. 나는 비를 추수한 농부가 거둬들인 빗줄기 한 단처럼 몸을 가누었다가 풀어지고, 다시 가눈다. 정미소에서 빻아진 쌀알처럼 '물쌀'이 흩뿌려진다. 내가 비인지, 비가 나인지 우리는 소리 속에 가만히 스며들어 서 있다. 우리 속에 투명한 물이 찰랑거린다.

병원에 간다. 이제 나에겐 감각과 생각의 구분도 없다. 투명한 짐승에게 붙들려 웅웅거리는 소리에 전신을 빼앗긴, 몸조차 사라진 귀 하나가 나다. 이 소리가 어느 소리와 비슷하다고 자꾸만 이름을 붙이려드는 것도 그만두었다. 나는 차라리 청각을 잃으면 좋겠다고 생각한다. 신의 책에도 적혀 있지 않을

게 분명한, 투명하게 고요한 침묵을 그리워한다. 그러다가 나는 귀의 말을 받아 적는다. 그 시끄러운 침묵을.

3.

이틀에 한번 청력 검사를 한다. 그러나 검사실의 좁은 방에서 멀리서 깜빡이는 불빛보다 약한 소리에 반응하기에는 나는 이미 다른 소리에 휩싸여 있다. 깡통을 뒤집어쓴 것 같다. 우엉우엉 겨울 찬바람에 아스팔트를 굴러가는 양철 대야의 비명 소리가 내 목소리를 먹어버린다. 나는 내가 하는 말을 들을 수 없다. 내 말을 듣지 못하면서 말을 한다는 것. 죽은 사람이 말하는 것 같을 거다. 나를 둘러싼 공기 짐승의 힘이 점점 세어진다. 소리를 듣지 못한다는 것은 침묵 속으로 들어가는 것이 아니다. 더 많은 소리 속으로 들어가는 거다. 지구 바깥에서 천천히 운행 중인 우주 행성들이 내지르는 굉음의 한복판에 있게 되는 거다. 그리하여 결국 못 듣는 거다. 세상에 침묵이 어디 있나? 침묵을 들으려면 밀봉한 상자에 마이크를 넣고 녹음해야 한다. 간호사가 귀에 물을 붓고 검사를 시작하자 나는 익사체가 된 듯, 가라앉기 시작한다. 그러다 갑자기 떠오른다. 물 위에 누워 깜깜함과 대면한다. 나는 물속에 은밀하게 숨겨놓은 익사체처럼 세상을 듣는다. 바다처럼 듣는다. 세상의 공기에는 무언가 있다. 거대한 이불처럼 큰 짐승들이 숨어 있다. 손톱보다 작은 짐승들이 숨어 있다. 공기 속에는 그 짐승들의 매질(媒質)이 우글거린다. 나를 부재의 나라로 싣고 가려고 그러나 보다. 공기의 매질은 내 귀의 부력에 의해 결정된다. 나는 침묵으로부터도 밖의 소음으로부터도 버림받았다. 공기로 지은 나의 집은 시끄러운 솜이 주 건축 재료다. 피아노가 솜 대문을 쾅 쾅 두드린다. 현악기들이 내가 덮은 이불을 썰어댄다. 혹은 옷핀보다 작은 사람들이 전기 신호를 보낸다. 아주 작은 사람들이 '어디 있어요? 어디 있어요?' 나를 찾고 있다. 그러나 나는 그들을 들여보낼 수 없다. 하루 종일 작은 사람들과 큰 주먹들이 나에게 말할 것이 있다고 내 구멍을 들쑤신다. 나는 밖의 소리로부터 버림받고 안의 소리를 얻었다.

귀가 닫히자 식물처럼 세포 전체로 듣는다. 내 줄기와 내 이파리와 내 꽃을 다해 듣는다. 온몸인 귀가 온몸으로 이미지를 받아 적는다. 귀 바깥의 소리들의 폭력이 잠깐 물러난 시간, 나는 이미지를 핥으며 음악의 파동이 지나가는 것을 느낀다. 강물처럼 지나가지만 한결같이 머무는 그 파동. 그 파동을 내 두 손으로 가만히 쓸어본다. 나는 그 파동을 위로해주려고 한다. 떠나갈까 봐 불안해하면서도, 어서 가라고 말하고 싶어진다. 같이 놀아 하고 조용히 애걸하기도 하고, 어서 가 하고 등을 떠밀기도 한다. 나는 귓속 달팽이관이 스스로 리듬을 생산하기 시작했다고 느끼기까지 한다. 드디어 말로써 말을 지운, 말없는 시를 가동하기 시작했다고 느낀다. 이것을 귀의 기억이라고 부를 수 있을 것 같다. 리듬이라는 불꽃에 지펴진 채 그저 타오르고 있는 몸이라고 불러도 될 것 같다. 마음이 가동하고, 춤의 반복이 시작된다. 음악이 가진 서술의 힘과 춤이 가진 억제의 힘이 리듬을 타고 발설된다. 침묵 속에서의 밀고 당김이 팽팽하게 진행된다. 이미지가 연주하는 침묵의 음악을 듣는다. 안에서 열리는 시의 건축이 자란다. 안에서 알함브라처럼 깊은 여성적 건축물이 열린다. 나는 기하학적으로 한없이 깊어지는 그 공간에서 떨어지는 분수의 물소리를 듣는다. 그러나 끊임없이 멀어져가는 물결처럼 사라져버리는 건축, 물의 건축.

귀가 편집 기능을 잃은 경험 중에 나는 어떤 아름다운 순간을 역설적으로 경험한다. 나는 유한한 존재자, 병에 걸리는 존재자 인간이었다. 그러나 나는 순간적으로나마 아름다움을 느낄 수 있었다. 신은 동정녀에게서 아기를 데려오듯이, 고통 없이, 병 없이, 애무 없이, 과거 없이, 감성 없이 세상을 데려왔다. 밤에서 낮을 데려왔다. 그러나 지금 나는 감각기관의 이상으로 신이 데려온 것들에 생긴 균열을 느낀다. 낮의 찬란하고 환한 휘장에 금이 생기고 그 사이로 시끄러운 밤이 들어오려고 앙탈을 부린다. 신이 갈라놓은 낮과 밤이 몸을 밀치며 요동친다. 낮의 꺼풀을 주욱 당기면 거기 불행과 참혹으로 들끓는 밤의 세상의 시끄러운 모습이 희끗 드러난다. 신은 말(로고스)로서 낮의 세상을 지펴버렸지만 나는 귀로 쓰는 행위, 귀로 말하는 행위라는 이행(고통, 병, 애무, 과거)을 통해 이 세상 뒤에 어두운 밤이 있었다고, 나는 그것이 들린다고 쓴다. 나는 나에게 찾아온 이상 증상으로 말미암아 비로소 귀로 말해지는 세계, 역설적으로 아름다운 어떤 그들이 여성적이라고 명명하는 세계가 어둠에서 낮이 분절되어 나오기 전의 세상에 있었다고, 창세 이전의 어두운 혼돈 속에 있었다고, 구분 없이, 차별 없이 혼재하는 세계가 있었다고 어두운 귓구멍으로 쓴다.

신은 세상을 창조했지만, 나는 일그러진 한순간 감각의 세상을 창조했다. 조정했다. 내 감각이 닫히면 신의 세상이 닫힌다. 내 감각이 일그러지면 세상이 일그러진다. 세상이 재편된다. 남아 있는 감각들이 벼려지고 벼려져 신의 비밀을 엿보는 경지로 나아가려고 한다면 어떻게 될까. 세상 뒤의 세상이, 신이 감춘 비밀이 얼핏 보일 것만 같다.

귀는 견디고 침묵하고 있다. 귀 안으로 깊은 계곡이 펼쳐져 있다. 거기 그 머나먼 내부의 여러 갈래 길들 속에 메아리의 집이 있다. 거기로 스며들어간 소리들이 혈거인들처럼 입을 다물고 기다리고 있다. 귓바퀴를 울리며 쏟아져 나갈 날을, 메아리가 돌아 나갈 날을 기다리고 있다.

귀로 글쓰기는 '당신의 없음' 속에서 시작된다. 귀는 항상 사후에 '쓴다'. 내가 지금 목련을 쓰고 있다. 목련은 지금 여기 없다. 그러나 어떤 그리움이 목련을 쓰게 한다. 나는 목련을 노래하려는 것이 아니다. 목련을 다시 불러내려는 내 귀의 애타는 목마름, 그 깊은 구멍의 덧없음을 노래하는 거다. 그러할 때 귀는 목련과 나 사이, 그 사이, 목련의 신기루, 그 나라를 운행한다. 귀가 노동한다. 그 여성적 장소 안에서 목련의 시가 운행한다.

내 목소리가 죽고, 내면의 소리마저 죽고, 잡음마저 사라져 침묵이 도래하는 것이 아니다. 침묵해야 했기에 침묵이 도래하는 것이다. 귀를 닫으면 지금, 여기, 나에 있고, 열면 지금, 여기, 나를 떠나 멀리 가기에, 그렇게 사라져가기에 침묵해야만 했던 것이다.

나 떠난 세상에 귀 하나가 떨어져 내가 살던 세상을, 그 소리를 듣는다. 그러나 귀는 축적이 아니라 박멸의 기관. 귀는 침묵의 입술. 그 귀가 입을 열어 말하면 세상은 침묵의 파동으로 가득 찬다. 그러므로 귀로 말한다는 것은 언어의 뒷면, 관념의 뒷면, 목소리와 잡음이 사라져버린 그 뒷면으로 말한다는 것. 마치 외계인과 만났을 때처럼, 입 없이 일순간에 소통해야 하는 것처럼 말이다.

귀는 수동적이지 않다. 귀를 가지고 무엇을 할 수는 없지만, 귀는 여기 있다. 여기 우주로 열린 커다란 귀가 하나 있다. 귓속에서 들려오는 언어 뒷면의 세상이 하나 있다. 언어 뒷면의 세상은 내 귀의 어두운 구멍과 맞닿아 있다. 그 둘은 서로 접속하고 있다. 그리하여 나는 내 귀로 소음을 내고 있는 삼라만상의 그 무상함을 말해본다. 세상의 모든 것들이 헤치고 나온 그 태초, 용암이 흘러 다니던 그 태초의 별의 세상도 말해본다. 그 광활을 말해본다. 세상 이전의, 나 이전의 고독한 침묵을 맞이해본다. 이름도 거창한 것들에게서 이름을 빼앗아본다. 내 이명과 난청으로 망가진 귀를 솜처럼 둘러싼 이 침묵, 망가진 귀가 찾은 사물들의 침묵과 저 먼 곳의 굉음, 그 선율들의 시작을, 그 선율이 지은 무언의 음악적 건축을 순간적으로 현현해본다. 거대한 침묵으로부터 지금, 여기가 불현듯 현현해온다. 그럴 때 내 귀는 혼돈 이후의 세상의 모든 소리들을 다 들어온 침묵처럼 그저 텅 비어 온전으로 있을 뿐이다.

나는 티티카카 호수나 티베트의 암드록초 호수 같은 고지의 호수에 갔을 때를 떠올려본다. 내가 그곳에 갔을 때 하늘에 닿은 높은 호수는 마치 누군가의 귓속 같았다. 그 높은 고도 속에서 내 귀는 점점 난청이 되어갔지만 호수의 표면은 내가 들을 수 없는 음역대를 통과하는 아주아주 거대한 사람의 고막같이 파르르 떨고 있었다. 어느 순간 하늘과 맞닿은 짙푸른 호수의 귓바퀴가 열리고 내 몸이 마치 그 둥글고 파랗게 주름진 귓속에 드는 것 같았다. 그 거대한 귀가 희박한 공기로 말하고 있었다. 그 속에서 나는 짙푸른 하늘을 들었다. 내가 없고 당신도 없는 그 세상의 말을 들었다. 미래도 없고, 의지도 없고, 욕구도 없고, 구분도 없는 말을 들었다. 귀가 아니라 귀 없음으로 들었다. 그러자 나는 내 귀가 내 고막이 그 호수의 표면만큼 확장된 채 가볍고 넓게 물결치고 있음을 느꼈다. 밝아오는 아침의 여명, 저물어가는 저녁의 보랏빛 시간, 닥쳐오는 가을의 황금 벌판과 그 속에서 피어오르는 겨울에의 예감, 잎을 다 떨군 나무의 흐린 눈빛, 자꾸만 낡아가는 가족의 옷 소맷부리, 이 지상의 모든 피조물이 귀로 말하고 있었다. 희박하게 사라져가는 리듬에 몸을 가득 담고서. 내 귀가 그것을 받아 적었다.

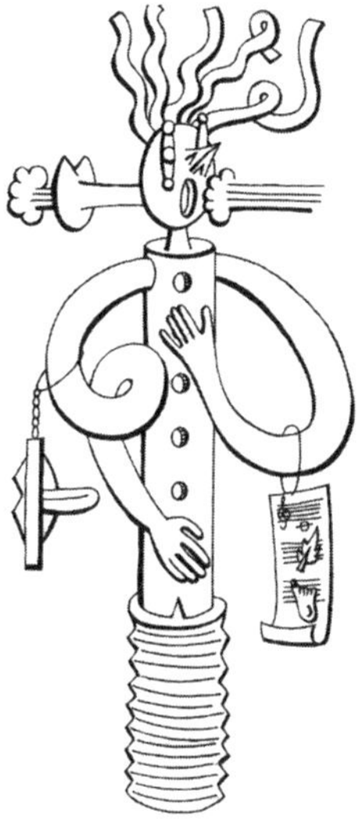

— 이피-내 파이프와 구멍을 사랑하시나요? —

나의 지옥、 나의 뮤즈

시인이 시에 관한 산문을 쓰면 그 산문이 그의 시 나라의 법전이 된다. 그 법을 어겼다고 오히려 야단맞는다. 시가 산문의 종속물인 양 취급된다. 시인이 쓰는 시론엔 그 시인이 생각하는 시의 궁극을 향한 포즈들이 포함되어 있을 텐데, 어떻게 한 시인이 시를 쓸 때마다, 그 모든 시를 궁극에 가닿게 하겠는가. 한 시인이 과거에 쓴 시도 마찬가지다. 오래전에 달을 쳐다보며 '밤하늘에 달이 두 개!' 하고 읊었다가, 요즘 와서 '처녀달이 어찌나 낮게 뜨는지 달 표면에 얼굴이 긁히네'라고 쓰면 안 된다. '달이 언제 그렇게 피부가 나빠졌어?' 하고 야단맞는다. 과거의 그가 현재의 그를 감시한다. 먼 옛날의 그가 지금의 그에게 와서 말한다. '시적 자아는 일생 변하지 않는 자아!' 무섭겠다.

피나 바우쉬의 탄츠테아터 「마주르카 포고」의 한 장면과 그 장면에서 시작한 페드로 알모도바르의 영화 「그녀에게」를 보고 나서 든 의문. 이 세상에서 제일 예쁜 여자는 코마에 든 여자, 보따리처럼 던질 수도 있고, 풀어볼 수도 있는 여자, 그다음, 세상에서 두번째 예쁜 여자는 첫사랑의 여자, 그 여자가 전직 발레리나나 여성 투우사면 더 좋고. 아니면 적어도 무용수거나 투우사지만 사랑을 할 땐 코마 상태에 있다가 아기는 혼자 낳아주면 더욱 좋고, 혹은 죽은 듯 살아주면 더더욱 좋다는 생각의 드러냄. 이 생각은 알모도바르의 판타지일까, 아니면 그의 반어일까?

그리하여 나는 여성시인, 여성시라는 게토에 집어넣어진 시인. 게토 밖으로 나오지 않으면 좋을 텐데 툭 하면 나와서 짹짹거린다. 코마에 들어 첫사랑의 여자처럼 '여성'이라는 분비물만 멀리서 내뿜어주면 좋을 텐데 계속 침방울, 콧물방울을 튀기며 떠든다. 그저 '여성'만 하면 좋을 텐데 나가고 싶어요! 울고 징징거린다. 감시병을 피해 '당/신'과 찰나적으로 접선한다. 이 접선과 접선의 불가능성에 대한 고백이 엄연한 시 장르 법칙에 대한 '타락이며 몰락'인가? 그러나 '타락, 몰락, 퇴폐'가 아니고서야 어떻게 이제까지의 시 장르 문법에 구멍을 낼 것인가?

나는 한 여자와 동행한다. 침대에서 방바닥으로 두 발을 내려놓으며 직장에 다니지 않았으면, 세상에서 몸을 숨기고 싶을 때 금방 잠적하기 좋을 텐데 하고 늘 생각하는 여자. 그러다 직장이 없었으면 벌써 온전한(?) 정신이 어디로 가버렸겠지, 지금쯤은 제정신(?)이 아니겠지, 그나마 이 인생의 지옥, 집과 직장(이것들을 빼면 뭐가 남나), 여자, 이런 것들이 나를 이만큼의 제정신으로 두는 거겠지 하고, 스스로 위로하는 여자와 동행한다. 달리와 엘뤼아르와 에른스트에겐 갈라, 슈만에겐 클라라, 남성 예술가들에겐 재능을 약탈당한 여성 뮤즈들, 여성시인에겐 게토의 문지기 가죽 장화들. 그리고 나에겐 저 방치된 터널의 구겨진 종이들, 쓰레기들, 찌꺼기들, 죽은 고양이들, 쥐들.

—심신이 가루처럼 부서지고 있어. 누가 나를 절굿공이로 빻고 있어. 내가 천 가마니 만 가마니 쏟아져. 이제 나를 내보내줘, 하루에 5천 번 살고 싶어, 5천 번 죽고 싶어. 이미 나를 보낸 거지? 그런 거지?

제가 너무 자주 오죠? 제가 병원 쇼핑이 취미라서 그런 게 아니고요. 단 한 번이라도 제정신으로 있고 싶어서요. 그러자 의사가 말했다. 약을 먼저 끊고, 그다음에 병을 끊고 그러면 됩니다.

그 여자는 맏이다. 여자는 일평생 이것이 싫었다. 여자는 맨 뒤, 보이지 않는 자리에 숨어 있고 싶었다. 남이 볼 수도 없는 그늘진 꼴찌에. 외할아버지가 돌아가셔서, 외가에서 동생들이 있는 부모님 집으로 이사 간 날의 샛노란 햇빛. 자궁에서 제일 먼저 쫓겨난 날도 이와 같이 샛노랬을까? 선생이 아니고 학생(모두 '생(生)' 자 돌림이지만)이면 얼마나 좋을까.

여자가 시를 쓸 때 말하는 주체, '나'는 매 순간 발명된 것인가? 아니면 시간 속으로 은둔한 그 여자의 현재적 '현현', 그 상태condition인가? 시는 그 여자와 '나'의 숨바꼭질인가?

나는 이 글에 고통스러운 나의 기침 소리를 넣을 수 있나? 나는 지금 쓰면서 읽히는, 그 여자가 쓰고 내가 읽는 글을 쓰고 싶은데, 나의 기침 소리가 이 글에서 들리나? 그 여자는 나한테 목구멍 속의 가래처럼, 길바닥에 던져진 찬 미역처럼 들러붙어 있고, 나는 그 여자에 대한 것은 모두 알고 있다고 생각하는데, 왜 내가 쓰는 이 글은 그 여자의 몸이 되지 않나? '나'와 그 여자, 물방울 하나와 강줄기 하나의 원심력과 구심력. 내가 그 여자를 사랑하는 유일한 사람이라고 그 여자에게 말해주면 그 여자는 알아들을까? 기뻐할까? '나'라고 불러보기만 해도 이미 부재하는 '나'가 무슨 말을 할 수 있단 말인가. 나는 그 여자를 알지만, 그 여자는 나를 모른다. 그리하여 하루에도 억만 순간 장렬히 전사하는 건 '나'인가, 그 여자인가.

김수영이 시나 산문에서 기침, 가래, 침 같은 이비인후에서 쏟아지는 분비물들을 적극 내뱉은 것은 새로운 말에 대한 염원 때문이다. '말을 잊어버린 말'에 대한 간절한 염원 때문이다. 그는 오직 죽음에 맞서는 것은 죽음을 잊어버린 말, 인간 각자가 품은 시, 그 말 아닌 말이라고 생각했다. 그리하여, '젊은 시인이여 기침을 하자'라고 말했다(그러나 나는 또 얼마나 많이 그의 산문으로 그의 시를 읽었던가. 그에게 양해를 빌어야지. 가래나 뱉어야지).

그 여자는 기침 때문에 직장에 나가지 못한다. 그리고 학생들에게 그 여자가 결근한 교실에서 '달이 비치는 한 공간'을 상상해 그려보라고 작문 숙제를 냈다. 나중에 글들을 받아보니 희미한 유령이 되어 달밤을 거니는, 아무것에도 소용없는 달을 그린 학생은 없다. 모두 밝다. 지독히 선명한 달밤이다. 그 여자는 그 환한 달밤에 질린다.

—그리하여 나는 암흑천지 허랑방천에 창백한 얼굴이 혼자 떠간다고 써본다. 하얗게 질린 얼굴, 천지에 발 디딜 곳 없어

그 얼굴이 질러대는 비명 소리가 들린다고 써본다. 흰 까마귀처럼 저 달이. 나와 당신 사이, 적막강산에 한 절박이 시간 맞춰 떠내려간다고 써본다. (그러나 이것이 내 시인가? 날마다 내 구토물에 섞이는 그들의 문법, 이제까지의 시, 그들의 시 나라) 아아, 폐병 걸린 창백한 달이여! 달의 기침 소리.

시에 관한, 시에 대한 글은 시와 함께 미끄러지는 글이 제일 좋다. '와꾸'를 정해놓고 그 속에 시를 욱여넣는 글은 시에 관한 글이라고 할 수 없다. 반대로 시도 그러할 것이다. 선행 담론이 있을 수는 없다. 서양 사람들은 나를 여성주의 시인이라 하고, 우리나라 사람들은 나를 난해 모던 초현실주의 시인이라 한다. 그것들은 모두 자신들의 지식 체계 속에 들어 있던 것들을 가져와 나의 시에 들이대는 것이다. (일단 못 알아먹겠으면 초현실이라고 한다.) 자신들의 렉시콘을 넘겨가며 나를 읽는 것이다. 시의 나라 안팎의 제국주의. 내 시 밖의 doxa들. 내 시 밖의 크레바스들. 지옥들. 그리하여 나의 시 이전에 모든 어휘와 사조가 있었다고 단정해주기. 모두 이제까지의 것이었다고 단정해주기. 내 앞으로 게슈타포처럼 발맞추어 행진해오는 수천 개의 검은 칠판, 백묵이 뚝뚝 부러지고, 내 검은 눈동자가 흰 피를 흘리며 으깨지네.

이제까지 나의 시에 대한 충고 중에 가장 많은 결말, 화해를 모색하라는 명령과 사회의 바다에 나오라는 명령. 모르겠는가. 이 두 명령은 모두 나에게 시를 그만 쓰라고 명령하는 거다. 그만하라는 거다. 시를 산문성에 종속시키라는 명령이다. 발라드나 인생을 위한 찬가로 업종을 변경하라는 것이고. 이발소 그림을 그리거나 곡진한 대상을 위한 리얼(무엇이 리얼인지, 리얼이야말로 거짓말로 구멍들을 메운 것은 아닌지, 시 장르에서의 리얼이야말로 나르시시즘과 센티멘털을 감추기 위한 가면이 아닌지)한 데생을 서비스하라는 주문이다. 이런 주문은 '오빠들과 언니들'의 계몽적 알리바이를 남의 시에 투사한 것이지, 나의 시, 나의 토사물을 위한 것은 아니다. 현실이 없는 시는 없다. 그것의 치환, 병치, 은유, 환유, 회피, 현미경적 접근, 망원경적 접근, 현실의 표면에서 살짝 포를 뜨기, 뼈째 우려내기 등등이 있을 뿐이다. 그렇게 현실을 요리할 수밖에 없는 시인의 병적 징후의 터널이 있을 뿐이다. 그리하여 진정성이란 무엇인가. 그것은 그러한 병적 징후들과 들어맞는 스타일의 느슨한 정합성이 아니던가. 진정성이란 이름을 가진 마을의 골목길에 버려진 토사물들, 쓰레기들, 나의 시들.

엑스레이를 들여다보던 의사가 약장사처럼 지휘봉으로 사진의 갈비뼈와 어깨뼈를 툭툭 두드리며 말했다. 지금 폐나 기관지보다 뭐가 문젠 줄 아십니까? 뼙니다. 제가 외과의는 아니지만 뼈가 이리 가늘어서야, 초등학생 수준입니다. 뼈를 보면서 생각했다. 보따리구나. 매듭처럼 내장을 잘 묶었구나.

나는 왜 지금 토막 난 글을 쓰고 있나. 화자인 '내'가 줄거리 보따리의 끈을 꽉 잡은 글, 돌멩이처럼 굳은 사실이라고 점멸하는 기억을 뭉친 글, 은근슬쩍 설파하는 글을 혐오하기 때문인가? 시간의식 속에서 흘러나오는, 존재자의 존재 조건인 이 슬픔이란 것이 시적 화자인 나, 탈자(脫自)되는 '나'가 허황되게도 '당/신'에게 스미고자 하는 몸부림이라고 생각하기 때문인가? 이 슬픔의 격랑 속에 터지는 찰나적 발작과 번개의 순간, 그 밀도가 차디찬 비등점을 치는 순간, 그것이 시라고 생각하기 때문인가? 시란 움직이는 부재를 앞뒤에 두고 잠시 명멸하는 망각의 자리, 부분이 아닌 경계의 자리, 그 자리에서 준동하는 펼침이라고 생각해왔기 때문인가?(너무 교과서적인 말들이라 싫지만, 지껄여지는 대로 써야겠다.) 토막 난 문단, 토막 난 문장, 토막 난 기억, 그러다 무너져 내리는 불붙은 지붕의 기와. 침묵하고 있는 여자와 떠드는 '나' 사이에서 번지는 무늬, 프랙탈 도형들처럼 순간적으로 찬란하게, 다시 찬란하게, 쉼 없이. 포목점의 옷감들보다 더 현란할 색채와 무늬와 냄새. 그때 현재라는 이 시간과 이 언어의 발자국 주변으로 번지는, 달 표면에서처럼 풀썩 올라오는 먼지. '나'의 인질인 그 여자의 분출. '그 여자'의 인질인 나의 분출. 내가 '나'라고 부를 때 그 여자는 어디 있는가? 나의 처녀는? 나의 할머니는? 나는 왜 그 여자를 열렬히 증명하려고 하는가? '나'는 코마에 든 그 여자가 현재라는 시간과 만난 그 여자를 잊지 않기 위해 만들어낸 '순간적인 박멸', 그것의 현현인가? 내가 '나'라고 할 때 자꾸만 토막 나는 사실, 실재, 서사, 그 여자. 그러나 나는 그 여자를 '나'라고 부르면서 시한다. 나의 뇌 주름을 내가 핥는 기분!

나는 지금 지독한 기침 속에서 순간, 순간, 어떤 대면을 유예한다. 감정도 감각도 없는 대면, 순간보다 빠른 대면. 그저 얼굴과 얼굴이 맞닿는 듯, 그러나 소름끼치도록 상투적인 일상 속에 들어온 어떤 찰나적 만남. 이미 구면이어서 안면이 있는 대면, 그 대면 속에서 그 여자와 나는 분리될 것이다. 다시는 만나지 않을 것이다. 끝. 끝. 끝. 죽음의 취임식. 그리고 이어지는 선서. '우리는 이제 영원히 만나지 못할 것입니다.' 우리의 해체. 나와 그 여자의 해체. '나'가 없는 그 여자는 없고, 그 여자가 없는 '나'도 없겠지만 이 둘의 분리. 그 순간 내 방 안에서 백마 한 마리가 앞다리를 들고, 울 것인가? 그러나 지금은 또 한 번의 유예. 그리고 지금은 내장이 딸려 올라오는 듯한 격렬한 기침의 폭발. 내 심장의 쇳내를 내가 맛보는 기분!

— 이피 - 내 무덤 아래 내 작업실 —

시인은 가라

동료 시인들을 만나러 간다. 시인은 시인들과 같이하는 자리를 좋아한다. 시인들과 얘기를 나누다 보면, 우연히 태풍의 눈 바로 밑에 들어 있게 되었을 때 찾아온 갑작스러운 적요의 찬란처럼 그 시인의 비밀과 느닷없이 조우하게 되는 순간이 있다. 아니면 집에서 쓰던 물건을 백일하에 내놓았을 때처럼 서로를 향한 연민이 흘러넘칠 때도 있다. 시인 공화국의 시인들은 평등하다. 그들 대부분은 세속적 가치 판단과 순위 매기기와 멀리 떨어진 채 외따로 살아간다. 신화적 아우라를 걸친 일부 시인과도 다르게 그들 스스로가 변방에 머물러 있으면서 끝없이 시를 가동하는 소임을 이행한다. 시인이 시인들에게 말한다. 이 글은 도저히 쓸 수가 없어. 아파서 못 쓰고, 미안해서 못 써. 펑크를 내야겠어. 그러자 H가 자신이 4·16에 관한 글을 쓰던 경험을 말해준다. 눈물을 깔고 앉아 언어란 걸 끌어올리던 순간의 참담을 말해준다. 그다음 Y가 말해준다. 자신이 '생일 시'를 쓰던 한밤의 '들림'의 순간을 말해준다. H와 Y가 시인에게 기척을 내라고 강권한다. 4·16에서 4·16까지 그간의 내적 체험을 말하라고 한다.

한·중·일 시인들이 번갈아 연시(連詩)를 쓰자고 한다. 8·15 70주년에 맞춰 발표될 일본 총리의 연설에 미리 반대하는 시를 미리 써보자고 한다. 연시는 테마와 라인을 미리 정해놓고 앞에 씌어진 시의 세계와 구절과 인상에 기대 연상을 펼치는, 우리에겐 낯선 장르다. 한국의 시인은 그렇게 정해진 규율이 영 마음에 들지 않는다. 그 옛날 도포 입은 아저씨들이 한가하게 돌아가며 한 수씩 읊어댈 때 정해놓은 게임의 규칙이 그러했을 것만 같다. 리듬과 호흡하며 유영하는 자유를 억압당할 것만 같다. 한국 시인은 특히 외부에서 오는 억압의 낌새에 예민하게 반응할 수밖에 없는 선행 트라우마가 있지 않은가. 첫 테마는 '바다'다. 연시를 낯설어하는 한국 시인을 위해 중국과 일본 시인들이 산마르코에서 출항하는 세 소녀, 아리엘의 바다를 불러와 시범을 보인다. 그렇지만 한국의 시인은 그들의 스탄자에 대구(對句)를 맞추지 않는다.

갈매기도 잠든 깜깜한 밤
아이들이 슈트케이스를 끌고 떠난다
모두 잠들었는데 아이들만 깨어 있다
서쪽 부두에서 아무도 몰래 배가 출항하고 있다
일 년째 같은 아이들, 같은 배, 같은 구름, 같은 하늘이 떠나고 있다

이상하게도 이 장면이 계속 떠오른다. 아이들이 배에 오르는 장면. 한국의 시인이 새 학기에 새로 함께 수업할 학생들과 신입생 오리엔테이션을 떠날 때 매번 목도했던 그 집단적 설렘 같은 것. 너무 설레서 몸 밖으로 넘쳐 흐르는 신선한 몸들에서 나는 달콤하고 비릿한 향기 같은 것. 어디선가 그 냄새가 몰려오고 그 장면이 떠오른다. 시인은 잔상의 시민이다. 마지막이 다시 시작하는 지점이 시인의 장소다. 현장을 모두 떠난 뒤 그 찰나의 지점에 영원히 영혼이 머무는, 그곳에 아예 한 가닥 영혼의 살림을 차리는 사람. 마지막이 시작하는 지점엔 잔상의 주체, '나'는 없다. '나'는 어떤 경험의 덩어리로 있다. 잔상의 속성은 끝없이 찰나를 회귀하는 것. 환원하는 것. 그 환원의 시간에 발생하는 감지의 움직임, 그 움직임을 끌고 가는 허여(許與)의 동사(動詞)가 잔상의 시민인 시인이 가진 전부다. 너희들이 다 잊어버려도, 다 떠나버려도 끝없이 돌아오는 장면의 세계. 끝없이 묘혈을 파헤치듯 그 장면을 경험하는 한 사람. 늘 현재화를 달성하는 한 사람. 그리하여 끝없이 언어의 묘혈에서 그날 그 순간이 바깥으로 솟아나게 하는 것. 모조리 표상되어야 한다고 믿는 것. 한국의 시인은 자신의 잔상의 작은 끄트머리를 다시 한 번 환기한다. 그렇지만 그 순간 중국과 일본으로 이어지던 시의 발랄함이 끊어져버린다. 규칙이 증발해버린다. 일본 시인들과 중국 시인이 당황하는 듯하다. 개인적인 메일로 그들도 코리언의 비극에 대해 알고 있다고 넌지시 말을 건넨다. 그런 다음 황급히 노아의 방주와 아이팟, 아이패드, 아이폰, 아이튠즈의 푸른 바다로 다시 다른 바다를 출항시킨다. 다시 한국 시인의 차례가 돌아온다.

> 전깃줄 위 새들의 날개가 젖어 있다
> 열리지 않는 문을 긁어대던 손톱들처럼 벚꽃잎이 지고 있다
> 먼 산 위의 태양이 흠뻑 젖어 무거워지고 있다
> 바다에서 떠오른 안개로 만든 사람이 창문 밖에 서 있다
> 새벽안개처럼 얇아 안을 수 없는 사람이다

다시 연시가 끊어진다. 한국의 시인은 계속해서 잔상의 소립자들을 환기하고 싶다. 영원히 다른 사물에서 다른 사물로, 한 사람에게서 다른 사람에게로 뻗어나가는 소립자의 운동을 생각한다. 경계 없는 그것들의 유동을 생각한다. 거울처럼 펼쳐져 침몰을 생중계하던 텔레비전을 끄고 잠들지 못하던 밤의 창밖에 가득히 몰려온 안개를 생각한다. 안개처럼 방 안을 감싸는 잔상의 소립자들을 생각한다. 그 소립자 하나하나의 폭발을 생각한다. 그러나 휘몰아치면서 영원히 침몰 중인 소

립자들. 영원히 화면을 끄지 않는 거울처럼 방 안의 사벽에서 생중계되는 침몰. 그것을 언어의 세계로 승선시키려 할 때마다 무수한 분노와 수치와 슬픔의 지류들이 역류한다. 연시의 진행 속에서 오대양 육대주로 혹은 활자의 바다로, 치마폭을 펼치던 바다는 한국의 바다에 진입할 때마다 침몰한다. 두 나라 시인들이 이제 바다로부터 벗어나자고 한다. 다른 테마를 정하자고 한다. 'Generally speaking, it is not recommended to repeat the same topic or image again and again in Ren-shi'라고 한국의 시인에게 넌지시 충고한다. 그들이 다시 비행기로, 해왕성으로 시구(詩句)를 데리고 간다. 거기에서 그들이 스시롤을 먹고, 아직 살아 있다고 손을 흔든다. 한국의 시인들에게 바다는 이제 은유의 대상이 아니다. 한국 시인들은 '바다'라는 은유의 창고를 잃었다. 언어는 응고되었고, 시의 수수께끼는 굳어버렸다. 언어가 내부에서 그림자를 걷어갔다.

시인은 이제 은유를 빼앗겼다.
바다는 이제 은유의 장소가 아니다.
××가 시 속에서 물속으로 들어간다고 은유적으로 말했던 것.
광막한 세계를 은유의 리본으로 묶었던 것.
용서를 구해야 한다.

시인은 이제 계절을 빼앗겼다.
봄 다음에 여름 안 온다. 더운 겨울 온다.
꽃들 한꺼번에 피고 한꺼번에 목숨 놓는다.
××가 시 속에서 꽉 쥔 주먹 같은 꽃봉오리
은유적으로 말한 것 용서를 구해야 한다.

××는 이제 하나님을 빼앗겼다.
하나님께 기도하기 어려워졌다.

이것은 시(의 일부)가 아니다. 행갈이를 자주 했다고 해서 시라고 불러야 할 필요는 없다. 이것은 단상이거나 수필이다. 땀과 눈물이 뚝뚝 흐르는 얼굴에 뒤집어쓴 가면 같은 글이다. 그날 이후 대낮에도 정전. 암흑이 찾아왔다. 연필은 흑연으로 돌아가고 잉크는 땅에 쏟아졌다. 수치의 깜깜한 방에서는 도무지 시를 쓸 수가 없다. 참척을 당한 부모 앞에서 언어가 무용지물이듯이 언어는, 시는 무용지물이 되었다. 시는 무용지물의 언어로 유용지물의 세상을 다시 구축한다고 하지 않았는가. 그러나 시인 안에서 시가 불을 껐다. 우리라는 바닥이 파괴되었다. 파괴된 채로 파괴에 가담했다는 부끄러움을 견딜 수 없었다. 신화 속에서 자식을 잡아먹은 부모들의 현현이 여기 이렇게 시인에게 씌워져 있었다. 시인은 부끄러움의 감옥에 갇히고 말았다. 살아남은 자들의 비애와 처참을 이렇게 주기적으로 세세토록 들쑤시는 나라가 어디 있단 말인가. 연재물은 중단되었고, 글은 목소리를 잃었다. 그래도 직장이 있는 안산으로 꼬박꼬박 출퇴근을 했다. 시민들이 모두 검은 옷을 입고 있었으므로 시인도 한 해 내내 상복을 입고 출퇴근했다. 작년 봄엔 꽃들이 치욕스런 발각의 현장처럼 한꺼번에 피었지만 아무도 꽃 이야길 하지 않았다. 영혼이 꺼져버린 도시의 신작로에 꽃잎들이 휘날렸다. 학생들에게 시험을 빙자한 백일장을 하게 했다. 학생 중 그 누구도 자신의 작품에 그 바다 이야길 하지 않았다. 그들은 이야기하지 않고 자원 봉사하러 합동분향소로 갔다. 한 학생이 시인에게 물었다. 선생님은 지금 시가 써지세요? 그렇다. 시인은 글이 써지지 않았다. 특히 시가 써지지 않았다. 언어를 사용함으로써 매 순간 지금, 여기의 이름들을 죽음으로 몰아가며 언어의 세계를 추동하던 시인이란 존재는, 언어로 구축된 시적 주체 '나'는 언어의 세계에서 방출되었다. 한쪽에 엄청난 고통이 있고, 다른 한쪽에 언어가 있는 이분법의 세계만 또렷했다. 언어와 고통이 서로가 서로를 밀어냈다. 중단된 연재는 다시 시작되었지만 시는 시작되지 않았다.

꿈속에서도 ××는 선생이다. 선생이어서 싫다.

빈 걸상에는 목소리 목소리 이미 떠난 목소리들만 앉아 있다.

출석부를 열고 이름에서 귀를 꺼내보던 시간들은 떠났다.

아이들은 머리칼을 휘날리며 가방을 들고 떠났다. 이제 다 소용없다.

걸상들은 깨지고 분홍색 엉덩이들은 날아갔다.

시인은 김언희의 「칠판」을 시인의 학생들에게 읽어주었다. 읽어주다 말고 칠판을 믿지 말라고 했다. 칠판은 문화의 군화이고, 과거의 것이고, 이제까지의 것이라고 했다. 시인은 군대처럼 행진해오는 칠판에 압사하기 전에 칠판 밖으로 달아나라고 했다. 비뚤어지라고 했다. 네 멋대로 하라고 했다. 칠판에게 잡히면 평생 노역을 하다가 칠판에 부딪쳐 목이 부러지거나 면상이 갈리거나 자궁에 횟가루가 쌓이거나 가만히 있으라는 말을 듣게 된다고 시를 해석해주었다. 오늘은 파도처럼 이 교실에서 횟가루가 날리지 않냐고 물었다. 황사처럼 횟가루가 날리지 않냐고 물었다.

××는 상복을 입고 이 도시로 출근한다.

내릴 곳 가까이 전동차가 도착하면
셔틀버스로 가실 분은 다음 역에서 내리라 하고
도보로 가실 분은 다음다음 역에서 내리라는 안내 방송이 나온다.
장례식장으로 가는 길을 지하철 방송이 알려주는 나라가 있다니.

수업을 끝내면 조문을 간다.
긴 줄의 끝에서 머리를 조아리고 국화를 바친다.
긴 줄이 점점 짧아지면 신선하고 맑고 투명하고
생생한 얼굴들이 명치에 매달린다.

조문객들은 조용하다. 멀리서 왔다.
긴 기다림에도 불평하는 사람 드물다.
국화를 바치고 묵념을 할 땐 모두 운다.
밖에 나오면 조문객에게 휴지 몇 장을 나눠준다.
밖으로 나와선 누구나 편지를 쓴다.
영원히 어두운 그곳에.

영원히 차가운 그곳에.
영원히 잠적인 그곳에.

다시 만나자고 쓴다, 부디 다른 나라에서.
평안하라고 쓴다, 부디 다른 나라에서.

신을 죽이는 것이 이렇게도 쉬웠다니
부활절 아침에 ××는 생각한다.

이 도시 사람들은 누구나 상복을 입고 다닌다.
이 도시 사람들은 아무도 웃지 않는다.
이 도시 봄꽃들은 유독 천박하다.
××는 다 피어버린 저 꽃들이 싫다.
××는 흐드러진 저 분홍이 싫다.

이것도 시(의 일부)가 아니다. 일기다. 표피다. 사실에 감정을 덧붙인 기록이다. 명시적이다. 명시적인 것 속에서는 표현할 수 없는 것이 가동될 수 없다. 노스탤지어의 꼬리를 달고 무한히 달려가던 언어들이 말라버리고 정보 기능만 오롯한 언어가 남았다. 이것에는 시가 살아가는 장소, 텅 빈 곳, 자궁이나 계곡, 구멍 같은 곳이 없다. 이것에는 사물과 실체가 스스로 존재의 옷을 벗은 곳, 서로가 경계 없이 이름을 버린 채 사라짐이라는 사건 속에 동거하는 곳, 시가 기거하는 장소가 없다. 한 편의 시는 시인 자신의 부재, 시인 자신의 상징적인 죽음, 시인 스스로의 헐벗음과 희박함으로 중심을 축내려 하지 않는가. 시인은 자신 안의 부재에 거주함으로써, 자신의 죽음을 그 죽임에 맞댐으로써 중심의 영역을 가로지를 수 있다. 시는 헐떡이는 호흡으로, 혹은 끊어지도록 가녀린 호흡으로 가득 차 들끓는 유용지물에게서 부재를, 죽음을 길어 올린다. 시의 한가운데 구멍 뚫려 있는 자리, 장소 없는 장소가 시의 장소다. 시는 말들로 가득 차 있지만 텅 비어 있는, 바퀴의 중심 같은 장소를 모시고 있다. 시는 부재로 포착한 또 하나의 실재다. 시인은 말의 중심에 들어찬 침묵으로 닥쳐오는 실재의 죽음을 선고하고, 그럼으로써 스스로 시 안에서 죽는다. 죽음으로써 살아가는 존재. 산 자도 죽은 자도 아닌 자. 그러므로 앞의 글은 시(의 일부)가 아니다. 위의 행갈이한 문장들에서 시인은 너무 있다. '나'는 너무 있다. 시인은 말할 수 있는 것만을 말했다. 시는 표현될 수 없는 것을 표현하는 장소인데 시인은 말할 수 있는 것만을 말하느라 이것 안에 그득 차 있다. 시 속의 '나'는 죽을 수 있기에 시 속의 '나'가 될 수 있는데, 이 문장들 속에서 시인은 죽지 않고 있다. 자신(명사)을 죽임으로써 동사만 오롯한 경험의 세계를 개진하지 못하고 있다. 그러므로 이것은 시가 아니다. 이 나날들 속에서 오히려 시인은 시인을 버리지 못한다. 시인은 오히려 타자화되지 않는다. 아이를 잃은 부모의 시간을 짐작이나 할 수 있겠는가. 혼자만의 슬픔과 애도마저 온전히 지켜낼 수 없을 지경의 참담을 생각해보았다. 자신의 슬픔이 일반화되는 것마저 견뎌내야만 하는 그들의 물러설 수 없는 고통을 바라보았다. 부재와 공백이 들어차 있을 시인의 장소에 검은 즙이 가득 들어찼다. 1년이 지나도록 아무것도 분명해진 것이 없지 않은가. 어떻게 아무것도 알 수 없게 만들어버렸단 말인가. 저들이 우리의 피를 말리고 있지 않은가. 모두 제 소관이 아니라지 않은가. 투명한 강철로 만든 신자유주의의 그물망으로 살찐 리바이어던의 어디쯤 시인은 매달려 있었던 건가. 가해의 그물에 매달린 줄도 모른 채 지금껏 목숨을 부지하고 살아 있었더란 말인가. 질문과 대답이 같아 참담하다. 시인의 골짜기가 시인의 유령조차 불러내지 못한 채 깜깜하게 닫혀 있다. 도무지 시인은 시를 쓸 수가 없다. 시인은 시의 나라를 유영하는 도넛의 구멍 같은 시인 내부의 중심으로 떨어져가지 못한다. 시인은 시인의 구멍이 하는 말을 듣지 못한다. 시인은 그 구멍이 마치 우리의 맨홀 뚜껑 아래 하수구처럼 타자의 구멍들과 연결되어 있는 것을 애써 외면하고 있다. 이렇게 된 것은 시인이 오히려 시인 자신을 포기하지 못하고 있기 때문이 아닌가. 고통의 시달림을 받는 사람이 스스로를 추방된 사람이라고 느끼듯 시인은 스스로를 시의 나라에서 추방된 사람처럼 느꼈다. 시인은 가라,라고 시인 자신이 자신을 배척하고 있었다. 시꺼멓게 시인의 계곡이 죽었다. 시인의 말은 시인 개인의 언어도 그렇다고 공동체의 언어도 아닌 그 양자에 다리를 걸친 경계의 낭떠러지에 걸쳐진 언어가 아닌가. 그리하여 시의 말은 안과 밖의 틈을 향해 있어서 어쩔 수 없이 바깥으로 새어 나올 수밖에 없는 말이 아닌가. 시인에겐 자신의 생명이 밖의 생명과 겹쳐진 자라는 천형이 있지 않은가. 그러나 시인은 지금 시인 안에서 너무 살아 있다. 시인이 시인 자신을 넘어서지 못하고 있다. 도래하는 타자로서의 자신을 보지 못하고 있다. 시인은 시인 자신의 비존재를 가동시키지 못하고 있다. 그리하여 비밀의 이름을 호명하지 못하고 있다. 비밀의 이름과 뒤섞인 경험을 불러내지 못하고 있다.

스톡홀름의 낭독회에 갔다가 깜깜한 대낮에 바사 박물관으로 갔다. 그곳은 17세기에 침몰한 거대한 배를 인양해 원형 그대로 전시해놓은 곳이었다. 그들은 건물 중앙에 배를 배치하고, 1층에서 7층까지 사방 난간의 집을 지어 사방에서 관람객이 오르내리며 배를 낱낱이 볼 수 있도록 전시해놓았다. 이를테면 건물의 지하에선 배 바닥을, 4층에선 배의 선실을, 7층에선 돛을 볼 수 있었다. 그 외에도 배는 그대로 두고 배 모형을 따로 만들어 수평으로 잘라서 보게도 하고, 수직으로 잘라서 보게도 했다. 10분의 1로 줄여서 보게도 하고, 바다의 모래펄에 가라앉혀진 모습을 보게도 했다. 그들은 배에 붙은 장식 하나 남김없이 낱낱이 보여주었다. 배에서 죽은 사람의 모형과 발견된 유골도 그대로 전시되어 있었고, 그 배에 승선한 적이 있던 사람들 누구 하나 빠짐없이 낱낱이 그려져 있었다. 인양작업의 나날도 그대로 기록해두었으며, 당시 왕의 통치의 잘못된 부분을 지적해두었다. 심지어는 침몰한 배에 관한 소문을 나누는 사람들까지 모형으로 만들어 실물 크기로 세워두었다.

박물관에 발을 들여놓자마자 내 몸속에서 '우리도 봐야 한다, 봐야 한다'는 외침이 쉼 없이 올라왔다. 그렇지만 졸속과 즉흥과 국면전환용 땜빵으로 배를 건져 올리다 또 생명을 잃게 된다면 하는 생각이 들지 않는 것은 아니었지만, 우리도 그 배를 봐야 한다. 아직도 거기서 나오지 못한 분들을 모셔야 하고, 그와 함께 숨겨지고 묻혀버린 그들의 조작을 봐야 한다.

그 모양 그대로도 보고, 모형을 만들어 수평으로 쪼개도 보고, 수직으로 쪼개도 보고, 줄여서도 보고, 현미경으로도 보고, 늘여서도 보고 그리하여 누가 그 배의 피를 빨았는지, 누가 그 부패의 배더러 항구를 떠나라고 했는지, 누가 사람을 건지지 못하도록 명령 없이는 한 발자국도 움직이지 않는 상식도 직업의식도 자의식도 없는 제복들을 양산했는지, 우리를 대표한답시고 하나같이 누런 점퍼를 갖춰 입은, 그 이름 거창한 중앙재난안전대책본부 사람들이 텔레비전 카메라 앞에서 바보인형들처럼 우왕좌왕했는지, 대책본부회의에 온 사람들이 반상회에 모인 사람보다 얼마나 무능했는지. 그리고 그렇게 죽어간 이들이 남긴 동영상들을, 비통한 부모형제들을 세세만년 봐야 한다, 봐야 한다 속으로 외치고 다녔다. 그 바다 깊은 곳에서 건져 올린 폐허를 우리나라 한가운데 모셔 두어야 한다. 그리고 봐야 한다. 스웨덴의 배는 그 엄청난 유물적 가치 때문에 건져 올려졌겠지만 우리는 그 폐허의 엄청난 몰가치 때문에 그것을 건져 올려서 봐야 한다. 배 주위에 빙 둘러서 층층이 아케이드를 올리고 세세년년 무능과 수치와 부패의 코러스를 들어야 한다. 그 폐허의 비참을, 울부짖음을 봐야 한다. 부모형제의 품 밖으로 나서면 틀림없이 아이들을 죽여주는 국가 체제가 있었다고, 죽어가는데도 구해주지 않는 국가

체제가 있었다고, 미래의 시계가 멈추고, 폐허의 미래를 쌓아 올리는 준비가 착착 진행되고 있었다고.

나는 책상 위에 해왕성에서 온 바다를 쏟는다
한 편의 시가 끝나자 우주 정거장의 불은 꺼졌다
나는 의자에 앉아 그 깜깜한 바닷물 속에 두 손을 담근다

'바다'를 테마로 한 연시는 막을 내리고 또 다른 테마, '쌀' '태양'이 연달아 시작되었다. 84세의 일본 시인은 '일본 국기 히노마루가 아이가 그린 것처럼 순수하다고는 하지만…… 다시는 그 깃발을 흔들지 않겠다'고 토로했다. 망설이면서 시작한 3국의 연시는 시인에게, 그 누구도 아닌 한국 시인에게 또 한 번의 잔상의 세계를 두드리도록 만들었다. 문을 열기조차 두려웠으나 연시에의 초대를 받아들이자 잠긴 얼굴이 문을 열고 무언가 할 말이 있다고 하는 듯한 기미를 느끼게 되었다. 그 아이들이 살던 연립주택들이 모여 있는 조그만 상가 한 귀퉁이 「아이들의 방」 전시에서 시인은 그 아이들의 빈방을 들여다보았다. 주인 잃은 교복과 침구와 베개와 야구 글러브와 자전거와 책상과 참고서들, 그리고 옷걸이들. 그 아이들의 우상들. 정지된 미래 그리고 무엇보다도 텅 빈 화랑유원지 한가

운데 아이들이 빠져나간 아이들의 얼굴들. 시인은 어떤 잔상들이 말하지 않음으로써 말하는 목소리를 들었다. 부재로 미만해 희박해진 세상이 시인 안팎에 있었다. 시인은 또 한 번 경험의 바깥세계가 품에 안기려고 한다고 느끼게 되었다. 너와 내가 분리되지 않는 그 텅 빈 세계가, 태풍의 눈처럼 적요한 세계가. 그리고 그 자리에 시인이 한없이 열려 감지하는, 커다란 숨결의 박동이 느껴지는 어떤 공동존재의 공감각이 있었다. 그 자리에 아이들의 침묵이 있었다. 시인의 죽음이라는 부재의 왕국에 죽음으로 되살아오는 아이들의 함성. 시적 주체인 '내'가 죽어야만 들리는 침묵의 소리. 닫힌 '나'로 가득 찬 '나'에게 '나'라는 이 이름을 다시는 만나지 못하게 하는 침묵의 함성. 절대로 파괴되지 않는 그 아이. 그 살아보지도 못한 아이의 온존. 온존함의 미래. 시인이 가야 할 무한 속에 그 아이들이 벌써 태어나 있었다. 가장 작은 이, 가장 약한 힘, 추방당한 무한자의 모습으로.

산 자의 신화

끝이 첫을 구축하면 어쩌나

책은 분노했다. 분노를 내분비하고 외분비했다. 책은 인도의 여신 칼리처럼 분노를 형상화한 모습이었다. 책은 칼리처럼 전장에 나갔다가 돌아와 솥을 껴안고 밥 지어 먹었다. 책은 실비아 플라스처럼 파시스트 아버지, 독재자 아버지를 처단하고 싶어 안달했다. 책은 아버지를 가여워하거나 미워하거나 쓰다듬거나 깨물어 뜯었다. '하늘 목장 한가운데서 양귀비꽃에 물만 주고 있는 아버지'를 닮은 당신을 '오 개새끼 못 잊어' 하며 껴안고 미워했다. 그렇지만 책은 아버지를 찢을 수 없어 (찢어봐야 뭣하겠는가. 그것은 텅 빈 중심인걸), 제 몸을 찢었다. 책은 그렇게 찢어진 몸을 백일하에 전시하길 즐겼다. 이를테면 책은 제 머리통을 들고 다녔다. 수술대 위에서 가랑이를 벌리고 '못 잊어' 했다. 책의 내분비는 창작의 근원이었다. 외분비는 비명의 언어였고, 침묵에 대한 저항이었고, 금기에 대한 도전이었다고 말해도 되었다. 책을 통해 분노가 몸을 얻기 시작했다.

책의 주된 무기는 풍자였다. 책은 풍자하면서 책 자신을 조롱했다. 책 자신을 해체했다. 책은 여성에게 부과된 정체성과 그 위장막을 조롱했다. 책은 풍자를 통해 억압된 것들이 제 모습을 찾기를 간절히 바랐는지도 모르겠다. 그것들을 불쌍히 여겼는지도 모르겠다. 책은 상징 질서를 조롱하고 가여워하는 데에 자신의 모성성을 썼다. 죽음을 조롱하고 가여워하는 데에 자신의 여성성을 썼다. 이별을 조롱하고 가여워하는 데에 자신의 소녀성을 썼다. 책은 이 죽음의 세상 한가운데서 온전하고 무사한 삶을 껴안고 싶어 했다. 풍자의 껍질 속에나마 삶을 온전히 숨겨두려 했다. 책은 아이러니라는 무기를 쓰느라 자신의 가련한 고백을 두 번 꼬았는데, 그 꼬임을 풀어보지 않고 그대로 믿는 사람들이 있었다.

책은 고백했다. 분노 후의 잠잠한 수면을 고백했다. 분노 후의 긴장과 무력을 고백했다. 분노 후의 부정과 절망을 고백했다. 책은 분노 뒤에 숨긴 힘없는 아버지, 아장거리는 아버지, 아기가 된 아버지를 고백했다. 희화화된 절대적 권위의 허접을 고백했다. 불모와 폐허와 죽은 바다와 무덤이 된 자궁을 고백했다. 오염된 자궁에서 태어난 아이들을 고백했다. 책은 아이와 엄마가 동시에 도시의 시궁창에 처박히는 모습을 고백했다. 책은 폐허와 오염을 고백함으로써 타자가 된 여성의 몸, 책의 몸을 드러낼 수 있게 되었다. 책은 '일찍이 아무것도 아니'었던 자신을 고백했다. '아무 부모도 키워주지 않'은 자신을 고백했다. '영원한 루머에 지나지 않'은 삶을 고백했다. 그렇게 삶의 피폐를 고백하자 국가적 사회적 상징들이 타격되었다. 책은 위축된 자아에 극적인 고백적 장치를 장착함으로써 전 세계로 책의 목소리가 퍼져나가기를 염원했다. 책의 목소리로 연기되는 고백극이 오대양 육대주를 넘나들기를 염원했다. 책의 고백이 적나라해질수록 여성적 주체의 목소리가 발견되었다. 여성적 실존이 확장되고 견고해졌다. 책 스스로 여성이 되기를 갈망하는 것 같았다.

책은 분열했다. 책은 분류에 저항하기 위해 오히려 책 스스로를 잘게 쪼갰다. 책은 질서 안에 포함되지 않으려 위장을 위한 연기(演技)의 장막을 펼쳤다. 스스로를 고백의 무대에 세웠다. 책은 현실에서 운명으로, 운명을 읽는 도면으로, 점점 지구에서부터 먼 곳으로 쫓겨났다. 시적 언술 가운데 고백적 언술의 과다 사용은 고백하는 당사자의 실패감과 그에 따른 심리적 질환을 불러오기 마련이었다. 책의 고백은 점점 영혼이 사라진 정신의 병적 징후를 육체에 끼얹게 되었다. 책은 광기를 몸에 둘렀다. 책은 곧잘 가위에 눌렸다. 복종과 분노 사이에 갇힌 책의 자의식이 폭발했다. 그러자 책에게로 비존재가 들어왔다. 책은 섭식장애에 이은 환청에 휘둘렸다.

책은 사랑하고자 했다. 책은 사랑 안에서 한없이 오래 죽고 싶었다. 그러나 책의 사랑은 버림받음을 내면화한 사랑이었다. 책은 사랑이 부재하는 그곳을 죽음이라 명명했다. 죽음 앞에서 에로스의 열망을 품은 책이 무한을 향해 피어났다가 곧바로 스러졌다. 문둥병과 매독과 개새끼들을 향한 사랑. 버림받았기에 공격적으로 변한 사랑. '찔린 몸으로 지렁이처럼 기어서라도 가고 싶은' 사랑의 장소, 그곳을 향해 몸을 던지는 순결하나 끈질긴 에로스. 그러나 사랑과 슬픔을 함께 나누고 싶은 대상은 너무나도 오래 부재했다. 그리하여 책은 스스로를 학대했다. 스스로를 소외했다. 책은 '드디어는 내 발목을 낚아챌 무지몽매한 이 심연' 앞에서 집요하게 분노에 찬 자학을 되풀이했다. 어쩌면 책은 자학함으로써 죽음에 저항했다고 말할 수도 있었다. 그것은 질서와 체제의 제단 위에 스스로를 제물로 던지는 행위와 같았다. 사랑하는 여성이 되고자 한 책은 스스로를 찢음으로써 전통적 여성시를 해체하게 되었지만, 몹시 쓰라렸다. 책의 이러한 행위들을 통해 억압된 여성적인 것들이 새롭게 발견되기도 했다.

그들은 책이 단지 아버지에 대한 콤플렉스를 말하고 있다고 했다. 그들은 책을 여성의 히스테리라고 규정하고, 폄하했다. 그들은 책이 솥을 껴안고 밥 지어 먹던 자리에서, 섭식장애의 지경으로 나아가 정신병원을 드나들게 되었다고 해서 책의 모든 작품이 그 병의 예지라고 설명했다. 그들이 책마저

병원에 가뒀다. 책을 병에서 걸어 나올 수 없게 했다. 그들이 대신 책의 신화를 써 내려갔다. 책이 태어나 전지전능의 아버지와 대적하다 그 아버지를 잃고 콤플렉스에 시달리던 끝에 비명을 지르며 정신병원에 갇히게 되는 신화. 그 신화에 책도 휩쓸려가버렸다.

실비아 플라스가 일각에서 자살로 그녀의 시 세계를 뒤덮어버리는 평가를 받듯이, 실비아 플라스의 시들을 예견된 자살로, 예지몽으로 바꾸어 읽어버렸듯이 독자들이 만든 신화가 책의 시를 병적 징후의 생산 공장으로 만들어버렸다. '정신분열증과 정신분열증 환자처럼 서로 멱살을 잡고 싸우며 죽어갔다'거나 '또 어떤 아침에는, 내가 이 세계와 화해할 수 없을 만큼 병들어 있다는 생각'이라고 책이 책 속에서 고백한 구절을 분열증의 예지로 추단해버렸다. 시들을 책의 병을 미리 예견하고 발견한 것이라고 소개했다. 책을 책이라고 부르지 않았다. 책의 시를 시에의 순교로 만들어버렸다. 자신의 신화를 창작해 몸에 두르기를 좋아하는 그들이 조작한 신화의 세계에 책을 가두어버렸다. 소문을 타고 역류해온 신화의 물결이 책을 삼켜버렸다. 책의 밥을 삼켜버렸다. 책에게서 밥그릇을 치워버렸다.

여자의 책이 신화에 덧씌워져 박멸될 위기에 처했다.

신화는 오지 마

책은 하나의 시적 혁명이었다. 내면에 깊이 침잠하면서도 당대를 훑는, 눈을 감고도 꿰뚫어 보고 있는 책의 시선은 하나의 불가능한 가능성이었다. 책은 우리나라 시를 구분하는 고질적인 이분법을 통쾌하게 뭉개며 찬란하게 펼쳐졌다. 책은 언어의 무늬가 저항이 되고, 추구가 되고, 가치가 되는 개안의 세계였다. 책의 언어를 통해 우리나라 시라는 또 하나의 나라가 한 꺼풀 무거운 옷을 벗게 되었으며, 가시적이고 비가시적인 세계 사이, 리얼리즘과 모더니즘이라는 지명 사이에 도사린 무수한 클리셰들이 타격되었다. 책의 시를 읽으며 우리는 시적 주체와 세계가 만나서 연속적으로 개화하는 서정을, 시의 나라를 '저공비행'하는 싱싱한 새 날개를 목도하게 되었다.

책은 새로운 리듬의 탄생이었다. 엄혹한 산문 시대와 맞설 수 있는 산문시의 개척이었으며, 현대성을 노정한 서정시의 연쇄를 품은 서사의 탄생이었다. 책은 상이한 이미지들을 리듬과 라임으로 봉합했다. 박자에 맞췄다고도 할 수 없고, 박자가 아니라고도 할 수 없는 책의 언술 방법은 마치 휘트먼의 라임이 그렇게 하는 것처럼 새 리듬과 라임으로 흩뿌려진 현실과 초현실의 이미지들을 묶어 우리의 손에 쥐여주었으며, 우리를 음악으로 만져주었다. (이 음악은 젊은 시인들에게도 면면히 유전되었다.) 책의 시 한 편 한 편은 그 리듬과 라임의 공명 안에서 고통에 찬 빛의 세계, 아프지만 뛰노는 아름다움을 현현했다. 흩어진 것들을 부둥켜 껴안고 몸부림치는 책의 몸은 하나의 시적이고 음악적인 자궁이었으며, 당연한 것을 당연하지 않게 몸속에서 키워 끝끝내 낳고야 마는 젊은 모태였다. 구체적이고도 산문적인 일상이 '걸어가는 시'로서 감각적이고도 환기력이 강한 이미지와 시의 형식에 의해 서정시로 고양되었다.

책은 육체를 가진 고통이었다. 책은 가족과의 관계 속에서 드넓은 상징계의 세계를 파헤치고 싶은 천진한 청춘의 목소리였다. 책은 되풀이하여 가족 모티프를 재생하면서 곪아버린 상처를 보석처럼 번뜩였다. 가족은 사회 구성의 작은 분자이지만 책이 속한 집단의 놀라운 환유였다. 이 가족 구성원 안에서 책은 둘째 아들이며, 뒤늦은 항변의 목앓이였다. 둘째 아들의 자리는 마치 젊은 시인의 자리처럼 관찰자의 자리, 한 발 물러서 바라보고 비꼬는 시인의 자리로 안성맞춤이었다. 책은 '가짜 아름다움 속의 추악함과 추악함 속의 진짜 아름다움' 사이를 고통 다음의 치욕이라고 명명했다. 치욕 안에서 서사시의 주인공처럼 동일자인 화자가 끝없이 고통을 내상화했다. 서정시적 감각이 치욕 안에서 서사시적 울림을 도모했다. 불쌍하게 일그러진 인물들에 대한 묘사가 독백적 진술을 구축했다. 책은 병든 자본주의를 단단히 비꼬기 위해 인간의 인간으로부터의 격하가 적나라한 공간적 상징이랄 수 있는 유곽을 알레고리로 차용하기도 했다. 책은 환유와 알레고리, 은유의 수사학을 통해 고통과 치욕으로 가득 찬, 정든 아름다움을 펼쳐놓았다('고통이라 불리는 도시의 근교에서 한 발을 들고 소변 보는 개들을 보았다'). 이 아름다움은 고통을 실체가 있는 것으로 비유하는 책의 물질화된 욕망을 드러내주는 것이기도 했다. 그럼에도 책 속에선 추악하고 병든 것들이 슬프게도 정다웠다.

책은 언어의 구성체인 하나의 육체였다. 그것도 종기(腫氣)와 자괴와 실성이 고여 있는 육체였다. 그럼에도 책의 언어는 사랑하는 사람과의 맞물린 잉태를 경험하는 몸처럼 어떤 대상이든 '서로의 이미지를 주고받는' 몸으로 만나게 했다. 시적 주체를 목적어의 자리에 두었고, 객체를 주어의 자리에 격상함으로써 주객전도의 문장을 구성했다. 이런 문장들 안에서 삶과 죽음, 꿈과 실재가 자리를 바꾸었다. 감각하는 것과 감각되어짐이 같은 수준에서 이루어졌으며, 나타남과 숨김도 같은 선상에서 이루어졌다. 책은 실재적 실제를 감각적 실제로, 감각적 실제를 실재적 실제('나쁜 밥은 나를 먹고 몹쓸 時代를 만들었다')로 치환했으며, '오 밥이여, 어머님 젊으실 적 얼굴이여'처럼 언어 이전의 실재를 소환했다. 이때 '나뭇잎, 죽은 매미, 낡은 신발' 같은 사물들에서 책의 아픔이 저절로 솟구쳤다. 책 속에서 '실성한 노인, 공사장에서 죽은 사내, 백치, 앉은뱅이, 꼽추, 임신부, 흑인 병사, 창녀'처럼 병들고 초라한 변두리 인물들이 보들레르의 산문시에서처럼 우수수 쏟아졌다. 이것은 물질주의와 독재에 갇힌 시인이 아버지 등등의 상징화된 인물들에게 도전적인 경멸을 보이는 태도와 병치되었다. 심지어 책은 책의 무의식 속에 있는 상반된 힘들(유곽, 기독교)을 소환하여 환유된 가족의 건너편에 놓음으로써 책 스스로를 '엘리, 엘리 죽지 말고 내 목마른 나신에 못 박혀요'라고 애원하며 원죄의 공간으로 소환했다. 정밀하면서도 몸으로 감각한 듯한 이미지들이 영혼의 결을 느끼게 했다. 책과 책의 대상은 서로의 이미지를 꺼내어 얽혀들었다. 이것은 어쩌면 자신의 죽음을 통해서나 가능한 만남이었는데, 책은 책 속에서 끝없이 '몸은 늙은 풍차(風車)'처럼 인간을 의물화하고, '뒹구는 돌'이 '잠 깨'고, '아버지' '꽃 피는' 것처럼 관념(고통)을 의인화, 실체화함으로써 자신의 죽음을 달성해나갔다.

책은 낱낱의 개인이면서도 서사시 속의 인물처럼 하나의 문제적 자아였다. 이미지들은 해체되고 응집하면서 하나의 시로 구성되었고, 그 속에서 탄생한 우연의 발생이 잠자거나 꿈꾸는 동안 시인인 개인을 구성했다. 책의 인물들은 흩어지고 모여 하나의 원환적 세계, 고통스러운 역사적 의식 세계를 구축했다. 분열하며 통합되는 하나의 세계가 책 안에 있었다. 책의 아버지는 아버지의 아버지, 역사의 아버지까지 나아가지 않았지만 죽은('아버지, 여기 묻혀 있을 줄이야') 아버지나 다름없는 아버지를 소환하였으며, 책의 어머니는 어머니의 어머니로서 외마디 비명에서 성모 마리아까지 진격하였다. 누이는 그 모든 역사의 뒤안길의 누이들로까지 나아갔다. 그들은 유곽과 병듦과 매일 죽음을 맴돌아 하나의 현대적 서사 속에서 현대성을 구축하는 캐릭터들이 되었다. 책 안에서 인물들의 시간은 흐르지만 책 속에서 흘러내릴 뿐 앞으로 나아가지 않고 뒤로 돌아가지도 않았다. 세월은 집(가족) 그 자체였다.

그러나 책은 점점 아들이 자라서 연인이 되고, 아버지가 되는 통과의례를 따라 환유의 세계에서 직유의 세계로 나아갔다. 책에게 닥쳐오는 대상들을 몸으로 껴안아 주객전도의 문장을 구사하여 독자로 하여금 함께 시선을 공유하게끔 유도

하던, 그 무수하던 '나는 보았다'의 정황들은 직유라는 화자의 두 시선의 중첩으로 드러나게 되었다. 책은 일견 '모든 은유는 부권적이다'라는 명제에 부합하는, '살코기'와 '음부'를 바라보는 자로서의 시각 중심(주의)을 드러내려는 것처럼 보이기도 했다. 이것 때문에 책이 처음 시작되었던 때, 아프고 미안한 이가 누이와 형과 아버지, 어머니뿐이었나 하고 질문하고 싶어지게 되었다. 환유와 은유와 알레고리를 탐하던 책은 경험하기보다는 보기를, 느낌과 느껴짐의 교환보다는 보기만을 원하게 된 것은 아닐까 질문하고 싶어졌다. 책의 기나긴 서사적 도정이 시각적 인식과 애달픔을 몸에 두르는 것이 되었나 하고 질문하고도 싶어졌다. 이제 책은 세계가 세계와 접속하고 있었고, 그 속에 생사의 되풀이가 있었다고 말하고 싶어진 건 아닐까. 시 한 편 한 편 속에서 자신의 죽음을 선포하던 책이 순간의 생을 세부 묘사로 끌어당겨 와서는, 남루한 현실에 시선을 떠나보내고 있는 것에 머물려 하는 건 아닐까 묻고 싶어졌다.

내파의 건축에서 수렴의 건축으로

책은 '문학은 현실의 압력이 가중되면 이걸 견뎌내려는 정신의 틀을 만드는 것, 이것이 문학 활동이고 문학적 상상력'이라고 천명했다. 책은 억압적 현실에 대한 작품으로서의 '틀'을 구성하는 것을 소설의 임무라고 여겼다. 책의 소설들은 언제나 권력의 '틀'을 문제 삼았고, 그에 대한 자신의 '틀'을 생산하는 것을 목표로 했다. 책은 '삶을 해석하고 규명하는 틀 자체가 어떤 변모나 결함을 가지게 된다면, 그 틀 자체도 항상 다시 물어보고 검토해야' 한다고 주장했다. 책은 소설로서의 파괴이면서 건설인 하나의 도상학을 설계하고 건축하고자 했다. 피의자와 피해자, 환자와 의사, 소설가와 편집인이 서로 스며드는 도상학이면서 동시에 소설과 현실을 구축하는 도상학. 책은 책 속에서 네가 정말 피해자로만 규정될 수 있겠냐고 독자에게 묻기도 했으며, 그들을 정말 가해자로만 규정할 수 있겠냐고 묻기도 했다. 그들 속에 너는 존재한 적이 없었던 거냐고 질문하기를 즐겼다. 그렇게 명확하게 나누어 단정할 수 있는 것이 현실이냐고 묻기도 했다. 책은 질문을 좋아했다. 책이 싫어한 것은 '명확하고, 정확'한 단정적인 말이었다. 독단주의적 규정 반대편에, 소문의 육중한 벽 반대편에 책이 있었다. 책은 물음표로 쌓아 올린 하나의 건축이었다. 소설 속에 소설이 있었고, 소설 곁에 소설이 있었으며, 소설 밑에 소설이 있었다. 책은 외부의 거대한 서사와 내부의 세밀한 서사, 혹은 화자의 논픽션적인 서사와 등장인물의 가능한 서사를 조응하고 충돌시켜서, 고정되고 육중한 가치 체계를 흔들었다. 그러면서 권력과의 나선형 얽힘에 치인 인간 군상의 도상과 그 밑그림을 암시적으로 보여주었다.

책은 소설을 하나의 '틀'이라고 거듭 생각했다. 책은 '소설의 양식에 대한 반성은 새로운 양식의 발견을 가져오고 새로운 소설의 양식은 곧 인간과 세계에 대한 이해와 인식의 방법이자 항로가 된다'라고 말하면서 소설 한 편 한 편은 무엇보다 하나의 양식, 틀을 만드는 것이라고 거듭 주장했다. 책은 액자소설, 추리소설, 신화적 탐색담 기법을 주로 썼다. 이런 기법은 고착된 시간의식의 내부로 진격해 들어가 중심을 해체하며 근대라는 줄타기에서 소외된 '줄광대, 매잡이, 화가, 활 쏘는 사람, 도공'을 전면에 끌어내 보이는 일이기도 했으며, '사진작가, 잡지사 편집자, 기자' 등으로 하여금 고통의 근원을 찾아들어가는 탐색자(소설을 쓰지 않는 소설가)가 되도록 추동하는 일이기도 했다. 이렇듯 '틀'의 구성은 4·19와 5·16을 추체험하려는 책이 근대적 주체로서의 자신을 나름대로 반성하는, 하나의 대안적 합리성의 틀이라고 명명할 수도 있었다.

책은 소설 쓰기를 자신의 실천 행위로 보았다. 소설 화자의 사유와 행위를 따라가다 보면 탐색담의 주인공이 드디어 보물을 발견하듯 책 스스로 자신의 위치를 발견하는 지점을 맞닥뜨리게 되었다. 책 속에서 등장인물과 화자, 작가는 서로 삼투하고 있었다. 책 속에 늘 화자가 있고 탐색을 시작하는 문제적 인물이 있어서 그 둘의 줄다리기가 진행되는가 보다 하고 그 둘을 따라 깊이 들어가다 보면, 어느새 작가 스스로가 그 둘의 당사자가 되어 있는, 자기 반영적 서사를 발견하게 되었다. 물론 탐색의 끝에는 언제나 작가의 반성이 있어서 그것을 읽는 독자는 누구나 자신들이 품었던 어떤 이분법의 와해와 직면하게 되었다. 그다음 독자 자신들을 향해 다가오는 비수(보물)를 마주하게 되었다.

책은 소설을 쓰면서도 소설이기를 원했다. 책은 소설이란 존재의 자의식의 탐구를 통해 소설의 근원에 도달하고자 했다. 책은 자신이 만든 틀이 '소설'이라는 사실을 분명히 밝혔다. 책은 자신이 만든 미학적 설계로 윤리적인 문제를 타격할 수 있다고 생각했다. 책은 '전짓불' 같은 독단적 질문과 단정적 판단에 대해 소설로써 진술하기, 말의 불가능성을 품은 존재의 숨겨진 언어로 저항하기를 실행하는 것이라고 생각했다.

책은 문학 언어라는 것이 무의식적인 자기진술 욕구라고 생각했으며, 두꺼운 벽과 같은 사회 언어 사이에 끼인 채, 늘 자신의 실패를 통해 언어 자체의 야만성을 드러내는 언어라고 생각했다. 그리하여 책은 경험적 에피소드의 끝없는 전개보다는 에피소드에 대한 인식, 의심을 끝없이 도모하는 반성의 구조화라는 희한한 양식을 고안했다. 이것은 소설적 진실은 소설이 제시할 수 있는 미끄러지는 틀에 의해 구성될 수 있다는 책의 생각을 반영하는 것이었다. 이것은 허구로서의 소설과 현실적 반영으로서의 소설을 모두 충족시키는 어떤 대안을 구상한 책의 실천이기도 했다. 자신이 제시하는 틀을 통해 실재의 권력 체계를 비껴가면서, 그 실재의 틈에서 목 졸리고 있던 진실을 목도하는 것이 책의 소설적 질서가 닿고자 하는 지점이었다. 이 지점을 향해 책은 소설되기를 실현해나갔다.

책은 소설의 질서로 사회의 질서를 구제할 수 있다고 장담했다. 책은 자신의 소설 쓰기를 '복수욕'과 '지배욕' 때문이라고 솔직하게 말했다. 책은 작가의 복수욕은 자기를 패배시킨 세상의 질서를 와해시켜나가는 것이며, 작가의 지배욕은 작가가 만든 질서 안으로 세상을 편입시키겠다는 의지를 표명하는 것이라고 생각했다. 소설의 질서 속으로 세상의 질서를 편입시키겠다는 욕망은 일견 허황해 보이지만 유동하는 소설적 '틀'을 삶에 대응하겠다는 강인한 의지를 천명하는 책의 발언이라고 할 수 있었다. 책은 삶의 질서를 고정된 것으로 보지 않았으므로 소설의 질서를 유동하는 틀이라고 생각했다. 책은 '복수욕'과 '지배욕'이라는 발언을 통해 소설가를 문제적 개인으로 특권화시켰으며, 책이 생각하는 소설적 실현을 주창할 수 있었다. 책은 권력과 그것의 수단들이 당대 사회를 구성하자 자신의 소설적 틀로써 권력의 움직임으로 구성된 사회적 틀을 부수어보고자 도모했던 것이다.

책은 소설 '속의 소설' 속에서 아름다움의 불가능성을 개화시켰다. 책의 '속의 소설'에는 말할 수 없는 진실과 그것의 균열을 목격한 자의 비극이 숨어 있었다. 인간적 유대를 잃은 자의 비극을 온전히 점화시키기 위한 틀로서 책은 '속의 소설'의 비극을 구축했다. 책은 직접 말함으로써 잃어버리게 되는 진실, 혹은 직접 말해질 수 없으므로 진실인 비밀을 위해 '속의 소설'로 소설을 밀봉했다. 그다음 독자로 하여금 실어증에 걸린 진실을 느끼도록 '속의 소설'로 유인했다. 그리고 그 속에 진실인 비밀이 숨어 있음을 깨닫도록 만들었다. 진실은 이중, 삼중의 자물쇠를 풀어 헤친 곳 안에 존재한다기보다 '속의 소설' 속 인물의 비극적인 잠적이나 죽음 같은 소멸 안에 기거했었다고 역설적으로 가르쳐주었다. 인간과 인간의 연대가 불가능한 세계 안에서 책이 세운 소설적 틀이 하나의 대안처럼 존재했다.

그러나 종당에 책은 역사와 신화를 향해 방향을 틀었다. 책은 개인과 집단의 외상에 대한 치유와 씻김의 쓰기를 시작했다. 책은 현실 세계와 역사적 정신태를 넘어 '넋의 차원'을 열고자 했다. 책은 시간을 소거한 자리에 재생을 향한 탐구를 열겠다고 공언했다. 그러자 자기 분열과 모순으로 흔들리던 책의 화자에게 전통과 고향이 회귀했다. 책은 보편 정신이나 공동 의식을 생각했다. 책은 '현실과 역사의 유전적 침전물로서 태생적 정서가 담겨 있는 넋, 종교성과 맞먹을 우리 신화의 신화적 서사'를 완성하고자 했다. 책은 서양의 종교에 대체할 민중의 신화 서사를 내세우겠다고 말했다. 연대 불가능성을 아파하던 책에게 신화적 통합이라는 조화의 세계가 닥쳐왔다. 역사적 사건은 신화화되고, 갈등은 봉합되며, 탈주는 후회되고, 원혼은 위로받고, 개인은 신화라는 천국으로 낮게 임했다. 소설 속의 소설에서 죽어가던 인물 대신 소설 밖의 소설에 기거하던 추적자가 신화를 업고 민족의 태생적 신화를 성찰했다. 책은 내파의 구조에서 수렴의 구조로 전환했다. 소설적 텍스트는 책이 되었다. 책은 책보다 더 큰 남자의 책을 원했다.

책은 신화의 세계로 월경하고자 했다.

여성, 시하다

근래 문예지들에서는 '한국문학의 세계화' '한국문학의 한류' '한국문학이 세계문학이 되려면' 같은 문구들이 자주 보인다. 그런 글들, 대담들을 읽다 보면, 항상 그들이 '우리들끼리 하는 얘기지만' 하는 문구를 암암리에 전제로 깐 다음 글이나 말을 전개하는 것 같다는 생각이 든다. 신문 사설을 읽을 때나 정치가들의 말을 듣는 때와 다르지 않다. 그런 말을 하는 사람들은 대개 평론가라는 직함을 갖고 있다. 물론 이때 세계문학이라 함은 근대 이후 세계 각지에서 생산된 작품들, 그중에서도 문학의 보편성을 노정한 작품들의 추상적 총체를 가리키는 말이겠다. 그런데 나는 그 세계화주의자들이 피력한 말씀들을 세계언어(그런 언어가 있는지 모르겠지만)로, 우리나라 말이 아닌 다른 나라 말로 번역해 다른 나라 매체에 실으면 얼마나 창피할까 하는 생각이 절로 든다. 마치 이사를 하려고 우리 집 부엌 살림이나 냉장고의 반찬 그릇들을 대로(大路)상에 내놓았을 때만큼 부끄러워진다. 그래서 나는 우리나라 문학을 세계화하려면 평론가 '오빠'들의 말을 먼저 세계화하라고 주장하고 싶어진다. 우리나라 문학이 국민국가적 경계를 넘어 얼마나 속속들이 전파될는지는 알 수 없지만, 문학작품과 문화상품을 넘어 우리나라가 얼마나 세계인(난민, 무국적자)을 받아들일 수 있는 문화적, 사회적, 정치적 형편인지 묻고 싶어진다. 평론가들이 우리 시인, 작가를 질타하기 위해 예로 든 외국 작품들은 지난 세기의 고전들이다. 그러나 내가 만난 문인들 중 당대 세계의 문학 동향에 가장 넓은 시각을 가진 사람은 의외로 평론가들이 아니라 시인들(우리나라만의 특이한 현상일 수 있겠다)이었다. 그들의 세계문학 작품 독서량은 장르를 불문 엄청났으며, 그 분석력, 지정학적 분별력도 뛰어났다.

평론가들이 하는 말을 곰곰이 들어보면 그들은 아마도 죽기가 두려운 사람들인 것 같다. 사라지는 것이 두려운 사람들 말이다. 그들은 언제나 시인, 소설가 들에게 오래 견디라고, 널리 퍼지라고, 죽지 말라고 충고한다. 그래야만 본인들도 살아 있게 되리라 믿는 것인지도 모르겠다. 그런데 시인들은 어떠한가. 시인은 '사라지는 것'이 곧 '살아지는 것'인, 자신의 죽음을 뼛속 깊이 받아들인 사람들이 아닌가. 그들은 이미 세계화주의자다. 그들은 자신들이 지정학적으로 어디쯤 서 있는지, 얼마나 시 장르의 영토가 좁은지, 혹은 없는지 알면서도 오늘 여기서 '한국시'를 한다. 그들은 오래 견디는 것, 죽지 않는 것에 관심이 없다. 그들은 죽는 것이 사는 것이다. 학교에서 철자법을 배웠다고, 한글을 떼었다고 아무나 시를 향해 '왜 어렵냐?' '소통이 안 되냐?' '너는 가슴으로 안 쓰고 머리로 쓰냐?' 하고 철제 셔터를 내리는 말을 하는 것도 우습지만 소위 전문 독자인 평론가들이 그런 문장을 쓸 때는 자신들의 아호인 '전문'을 포기한 것이 아닌가 하는 생각마저 든다. 소위 외국의 전위음악이나 실험예술 앞에서는 경건하게 옷깃을 여미는 사람들이 한국의 시에게만은 박한 잣대를 들이대며 갖은 용기를 남발하는 것은 정말로 우습다. 세상에! 어쩌자고 그 오빠들은 그리도 의기충천해 있을까. 그러면서도 유행엔 민감해서 지난날 '관능적이다' '혼란스럽다' '어렵다' '비현실적이다'라고 내리치던 채찍을 거두고, 시대가 변했다면서 그것이 대세라고, 현실을 반영하는 것이라고 박수를 치고 있다. 이런 현상들을 보고 있노라면 요즘 남성들이 포니테일 스타일로 머리를 묶고 거리를 활보하기까지 얼마나 많은 형님들이 선생님과 부모님과 경찰관님의 가위 아래 머리를 내맡겼던가 하고 회상에 잠기게 된다. 미니스커트도 마찬가지 아닌가. 그러니 오래 살고 볼 일이다.

아카데미에서 각본상을 받은 「미스 리틀 선샤인Little Miss Sunshine」이란 영화가 있다. '리틀 미스' 선발대회를 아시는지. 어린 소녀들에게 왕파리가 미끄럼을 탈 만큼 긴 속눈썹을 붙이게 하고, 북한산 봉화대만큼 높이 머리를 올리게 한 다음, 조야하게 가위질한 앙드레 김 스타일의 드레스를 입히고 이 세상엔 도저히 존재하지 않는 어른 여자 흉내를 내게 하여 상을 주는 대회. 영화에선 인생의 실패(?)자들로 꾸며진 가족들이 그 대회에 출전하는 딸, 조카, 손녀, 동생인 한 소녀를 위해 고물 밴을 타고 떠난다. 개중엔 자살에 실패한 프루스트 전문가 삼촌도 있다. 그 삼촌은 어딜 가든 항상 그곳 사람들이 자신이 세계에서 가장 유명한 프루스트 전문가라는 걸 아는지 궁금해한다. 그가 홀연히 어느 조용한 시간에 난간에 기대 조카에게 지껄인다. "마르셀 프루스트라고 들어봤나? 프랑스 작가인데 완전히 패배자지. 직업을 가진 적도 없어. 짝사랑 전문가였지. 나는 아무도 안 읽는 그의 저작들을 읽느라 20년을 보냈어. 하지만 그가 셰익스피어 이래 가장 위대한 작가였다는 걸 난 알아." 나는 그 영화를 보고 난 직후 어떤 문학상 시상식에 참가했는데 시종일관 웃음을 참을 수 없었다. 내가 '리틀 미스 선샤인' 대회를 구경 왔다는 사실. 우리 문단이 '리틀 미스 선샤인' 대회를 치르느라 연말이면 매우 분주하다는 사실. 그리고 평론가 오빠들과 나를 포함한 감초격 시인 언니들이 그것들을 심사하고 축하하느라 바쁘다는 사실. 아무도 그 소녀의 삼촌처럼 한 시인 · 소설가를 정해놓고 평생 꾸준히 그 시인 · 소설가의 작품 생산을 따라 그 시인 · 소설가의 요모조모를 밝혀보는 재미에 빠진 비평가는 우리나라 문단에 없다는 사실. 그러나 우리는 뭔가를 꾹 참으면서 그 대회의 출연자, 심사자, 박수부대가 된다는 사실. 어쨌거나 '리틀 미스 선샤인' 대회에 참가하려면 춤이라도 한 가지 배워둬야겠지. 모두 이해할 수 있도록 족보에 등재돼 있는 춤으로. 한용운 할아버지가 가르쳐준, 부처님 앞에서 스트립클럽 걸처럼 몸을 흔드는 요사스러운 춤은, 여성시인이 추기엔 너무 야하니까 자제해야겠지.

어쨌거나 나는 시인이다. 시인이란 존재는 아마도 현실에서 붕 떠 있거나 아니면 현실이라는 바다를 거꾸로 헤엄쳐 가는 사람인가 보다. 나는 작은 일상에 서툴다. 매일 쏟고, 흘리고, 부딪친다. 날마다 한 가지씩 쏟거나 부딪치는 사건을 일으키고 나면 나의 식구나 연구실 사람은 오늘의 할 일을 했다고 나를 위로해준다. 나는 어딘가에, 다른 것에 사로잡혀 있다. 있다고 생각한다. 불분명하지만, 투명한 어떤 것에. 시인이란 어떤 존재들인가. 그는 현실 속을 달려가는 사람이 아니라 현실이라는 외줄을 타는 사람이다. 슬픔과 끔찍함과 기괴함과 소멸과 죽음을 이 세상에 퍼 나르는 사람이다. 그는 당/신(이라는 신) 앞에 드릴 것이 없어 신전 천장에 외줄을 맨 철없는 자거나, 당/신에게 드릴 것이 없어 조롱을 바치는 천박한 자다.

시를 쓴다는 것은 저 아래 까마득한 어딘가에서부터 저 멀리 신전에까지 퍼진 '자아' '나'라는 거대한 산맥을 정복하기 위한, 또는 그 백두대간으로부터 탈출하기 위한 대장정의 기록이다. 기록하면서 탈출하기이다. 시는 유리보다 투명하게 한 인간의 모든 것을 적나라하게 비추는 매체다. 모방하면 모방을 비추고, 눈 감으면 눈 감은 그를 비추고, 폼 잡으면 폼을 비춘다. 그러기에 모든 문학은 기억의 도저한 운용 때문에 허구라 불러도 무방하겠지만, 소설보다 시는 덜 허구적이라 생각되는 장르이다. 과연 그런가. 시에는 짧은 문장 안에 이 도저한 재료, '나'라는 허구를 몽땅 구겨 넣어야 하는 이행이 필요하다. 그러기에 시는 표현의 발명이고, 미학적 현상이다. 부재의 설계도 내지는 투시도를 넘어선 부재의 건축이다. 시는 무엇에 쓸모가 있을까. 그것은 동물인 인간으로서는 도저히 불가능한 어떤 고양된 정서적 틈을 시간 속에 열어, 죽음의 환한 꽃이 피어오르는 순간순간의 황홀을 목격하게 하는 것이다. 세상 모든 것들이 지닌 생과 사의 무게를 슬쩍하여 무중력으로 만드는 것이다.

허난설헌은 당시 일상 대화용 문자인 한글을 넘어 관념적인 생각을 표출할 수 있는 한자를 배운 여성이었다. 여성이 문자를 통해 정신 영역을 개척하는 건 당시로선 금기였다. 그녀는 여자가 알아서는 안 되는 너무 많은 것을 알게 되었다. 이를테면 현실과 이상의 괴리, 여성적 정체성, 여성의 욕망, 욕망을 감추는 기제인 환상성 등등. 그녀의 시들은 외국에 먼저 알려져서 국내로 역수입되었다. 그러나 그녀의 시는 박지원 같은 당시 세계화주의자에게서도 욕을 먹었다. 말하자면 그녀의 시가 요즈음 말로 하면 관능적이고, 환상적이고, 난삽하다는 이유였다. 지금에서야 모두들 허난설헌이 시대를 잘못 타고났다고, 요즈음 태어났으면 좋았을 거라고 애석해하지만 지금 태어났어도 그녀의 시는 시를 공기(公器)로 생각하는 교양주의자들로부터 그렇게 좋은 평가를 받지 못했을 것이다. 여성의 시에서 일상을 벗어난 장소의 묘사가 많은 현상은 지금도 이해를 받지 못하는 부분이 아닌가? 판타지는 좀 줄이고, 적당히 모성적 포용심을 발라 자기 성찰적으로 끝맺는 여성시를 써야 남근주의자들이 안심할 수 있는 여성성이라고 인정을 받지 않겠는가? 그러나 그런 시는 마치 변질된 선행이 풍기는 악취처럼 고약한 냄새가 난다. 그렇지 않으려면 아예 자신의 성적 욕망을 부풀리거나 트라우마를 과장하는 게 좋다. 그래야만 노리개로서의 시로나마 대접을 받게 된다. 여성적 정체성은 학습으로부터 습득된다. "이 여성시인의 시각은 배우지 않은, 날것입니다" 하고 어떤 여성의 시를 향해 비평적 멘트를 날리는 평론가들이 있지만, 그런 평가는 그녀가 그렇게 말할 수 있게 되기까지 얼마나 많은 배움과 깨달음의 시간이 있었는지를 간과해버린 평가다. 발성 방법의 차이를 논구해보지 않고, 여성시인이 생래적인 날것의 목소리를 갖고 있다고 말하는 것은 얼마나 편한 지적일까. 남성시인의 시를 두고 이 시인의 언어는 날것이다, 배운 사람의 언어다 구별하지 않으면서, 여성시인을 두고 그렇게 평가하는 것은 여성을 자신의 발아래 두고 평가한 말이다. 여성시인의 언어는 여성시인 스스로가 자신을 이방인, 난민으로 경험, 인식하는 것, 혹은 그에 따른 학습, 사유가 있지 않고는 발화될 수가 없다.

여성시인의 시에서 의미의 개진을 일사불란하게 발라내는 것, 그 의미를 객관적으로 논구하는 것은 매우 지난한 일이다. 왜냐하면 여성시인이 작업을 수행할 때 그 작업의 수단이 바로 남성들이 발명한 언어, 그 언어로 점철된 시사(詩史), 레토릭과 기호 들이기 때문이다. 나는 지금껏 시를 써오면서, "왜 나에겐 나의 '전범'이 되어줄 시적 언술이 없는가? 왜 나에겐 모국어가 없는가? 왜 내 혀는 매 순간 첫 발성처럼 뻑뻑한가?" 하고 질문해왔다. 여성시인의 시는 내용과 형식이 삐걱거리고, 난삽하고, 분열증적이고, 환상적이고, 어렵다고 평가를 받아왔다. 회자되는 바에 의하면 우리의 몸은 원본 없는 문화의 복제품이다. 몸은 성 정체성을 표기함으로써 천파만파 연결된 구성물이다. 이 구성물인 여성시인이 시를 쓴다. 언어의 고착된 분류 체계에 고투하며 시를 쓴다. 예를 들어 말해보자. 여성의 신체의 일부를 '더럽다' '냄새난다'고 피력하는 것은 여성의 몸을 비루한 정복의 대상으로 보는 것이다. 더러운 것과 깨끗한 것, 약한 것과 강한 것, 비루한 것과 숭고한 것이라는 문화적 분류 체계에 그 자신 걸려들어, 그것을 심지어 시에마저 적용하고 있음을 고백하는 것이다. 더럽고 냄새나는 것이 물질, 몸, 사실 자체라는 것을 간과한 것이다. 시인의 시선인 대상 없는 응시가 없었다는 것을 스스로 인정한 것이다. 여성은 부과받은 정체성의 부자연스러운 부자유를 스스로 배움으로써 언어 기호 체계의 불평등, 부자유를 깨닫는다. 그리하여 여성시인들은 자신의 '더럽힘'을 의식화하게 되고, 그 지난한, 체계를 벗기는 행위들을 통해 자신에게 들러붙은 '더러움'을 희석하고자 한다. 그래서 한 여성시인의 첫 시는 피투성이 몸에 대한 시이기 십상이다. 발가벗은 몸이 더러운 것에 덮여 있다. 한 여성이 더러운 언어의 갑옷을 벗으려 몸부림치고 있다. 그 여성의 시집을 읽던 사람들이 돌아본다. 마치 길거리에서 우연히 더러운 주검을 본 듯. 그 사람이 시집을 탁 덮어버린다. 이제 지겹다. 이런 건 너무 많이 봤다. 이제 몸과 유령, 히스테리란 말만 들어도 넌더리가 난다고 그 사람은 말한다. 그러나 여성은 이것으로부터 시작한다. 자신이 더러운 것이 아니라 시선과 언어, 수치의 감옥이 더 더럽다는 것을 깨달은 순간 자신의 작품을 시작한다. 이 더러운 시체의 도저한 일어섬, 그것을 목격하지 못했다면 그는 시인이 아니다. 그는 남류 시인이다. 이 체험 학습의 도정이 여성시인의 시다. 그러기에 여성시는 시 장르의 억압을 질문하는 일종의 시에 관한 시다. 물론 이 발가벗고 하는 전투의 궁극엔 사랑의 영토가 있다. 희한하게도 사랑을 경험할 때 여자와 남자는 둘 다 여성성을 갖는다. '사랑'이라는 초자아의 함정에 빠진 육체는 느닷없이 여성인 것이다. (그러나 여성시인이 송강 정철처럼, 소월처럼, 한용운처럼, 혹은 누구누구처럼 사랑한다고 운율에 맞춰 여성적 화자의 어조로 읊어보라. 그녀는 갑자기 천박해진다. 그녀가 아무리 그녀의 님이 국가와 민족이고, 부처님이고, 임금님이라고 우겨봤자 그녀는 헤픈 여자로 찍힌다. 여성적 어조는 사랑에 빠진, 혹은 삐친 남성시인의 것이니까.) 그럼에도 불구하고 사랑에 병든, 빠진 몸, 그래서 죽음에 한쪽 발을 담그게 된 몸이 분열된 목소리, 투명한 약동의 목소리로 언어를 '몸하고' '시하면' 시의 언어가 확산하고, 증발한다. 한 편의 '시'가 발아한다. 의미가 있는지도 없는지도 모를 생명이 탄생한다.

나는 요리에 대한 상찬, 미각의 황홀, 음식의 은유가 들어 있는 글들을 싫어한다. 그중에서도 '어머니의 밥상' 어쩌고저쩌고 하는 남성들의 글을 제일 싫어한다. 기르고, 잡고, 씻고, 다듬고, 찌꺼기 버리고, 상한 것 버리고, 국물 넘치고, 행주 빨고, 부뚜막 긁어내고, 태우고, 파 썰다 울고, 손 베고 하는 것은 다 남에게 시키고, 칼 들고, 혹은 프라이팬 앞에서 마지막 단계의 노동으로 상찬을 받는 사람들을 보면 그저 하품만 나온다. 그것은 직업 요리사들의 얘기지 어머니의 얘기가 아니다. 음식 만들기는 비루한 노동이다. 우선 매일 반복된다는 것, 국물이 넘치고, 남은 것은 상하고, 찌꺼기는 더럽고, 설거지는 많다. 도처에 김치 국물이 튀고, 밥은 쉰다. 그럴수록 죄의식은 폭발한다. 요리를 하지 않는 여자는 처벌받아왔다고 레비스트로스는 적었다. 처벌받지 않으려면 여자는 집에서 '밥'을 해야 했다. 버지니아 울프의 『세월』에 기대 마이클 커닝햄이 다시 쓴 『세월』에 보면 브라운 부인이 남편의 생일날 케이크를 만드는 장면이 나온다. 그녀가 밀가루를 온 부엌에 날리며 만든 열성에도 불구하고 완성된 케이크는 아마추어가 만든 냄새가 난다. 집 안에만 있던 여자의 자신 없는 손으로 만든 것이 분명한 모양새를 갖고 있다. 그녀는 그 케이크를 가차 없이 쓰레기통에 던져버리고, 어린 아들은 남의 손에 맡기고 호텔로 간다. 그리고 침대에 오도카니 앉아 울프를 읽는다. 우리 어머니들도 이 일상의 비루한 노동인 음식 만들기를 팽개치고 얼마나 혼자 근사한 호텔에 투숙하고 싶었을까. 거기서 고상하게, 혹은 고통에 찬 책을 읽으며 침대 밑으로 육박해 들어오는 환(幻)의 파도에나마 몸을 싣고 싶었을까. 내가 여행을 좋아하는 이유는 단 한 가지, 밥하기 싫어서다. 이 반복되는 비루함을 떠나는 순간, 그곳은 전부 '다른 곳'에의 투숙이다. 밥하고, 빨래할 때만 어머니인가? 젖을 줄 때만 어머니인가? '모든 것을 내주는 어머니'로 칭송받는 인도의 소들은 오줌도 주고, 똥도 준다. 어머니의 젖, 고기, 피, 심지어 창자, 똥, 오줌, 트림, 발길질마저 밥상에 받을 준비가 되었거든, 어머니의 밥상 운운하는 시를 쓸 수 있으리라. 여신 칼리는 지구의 모든 피조물을 다 때려 부수고, 물어뜯고, 죽이다가도, 아기 우는 소리 들리는 저녁이면 애 업고 밥하러 집에 돌아간다. 귀신으로 살다가도 아이 만나러 갈 땐 육체를 입는다. 신화마저도 여신에게 밥하는 의무를 벗기지 못한다. 그러니 시에서만은 제발, 밥하는 여성의 노동을 찬양하지 마라. 여성시인을 향해서만 모성 운운하지 마라. 진짜 시인은 다 어머니다. 시인은 모성을 요리하지 않고 시인이 될 수 없다. 모성시인이 낳은 '시'라고 불리는 생물은 생명의 영도(零度)다. 대상을 또 다른 나로 인지하는 잉태의 행위에 의해서만, 서로 맞물려 서로의 몸을 출산하는 사랑의 방식을 통해서만, 시인은 타자를 만나고 시는 씌어진다. 자신 스스로 대상을 산출하는 구멍이 되는, 모성적 경험을 통해서 비로소 여성/남성시인은 타자를 만날 수 있다. 아이라는 또 다른 나, 투명한 나는 나와 이어진 나이면서 당/신이다.

파졸리니는 조도로프스키에게, 조도로프스키는 매튜 바니에게 매튜 바니는 아트마켓의 장사치들에게, 그렇게 흘러간다. 모든 것은 사라지고, 나도 사라지고, 그렇게 사라진 자리에 하나의 픽션만이 남는다. 뜬소문만이 남는다.

리듬은 시인의 모국어다. 리듬을 타고 가면서 나는 죽은 자들의 나라에서 온 투명한 공기를 한 잔씩 마신다. 그럴 때마다 옷이 벗기고, 나이가 벗기고, 성별이 벗긴다. 나는 할머니고, 처녀다. 나는 선생님이고, 학생이다. 나는 시간을 묶었다가 풀고 다시 묶는다. 나는 이 놀이를 좋아한다. 이 놀이 속에서 나는 음악을 듣는 것처럼 내 일생의 이야기를 듣는 걸 좋아한다. 밤, 다음에 고통, 그리고 폭풍우, 폭풍우 다음에 거친 숨결과 후회, 공포. 나는 이 놀이 속에서 리듬의 나라에 시간을 담그는 것을 좋아한다. 나는 당/신을 연주하고, 당/신은 나를 연주한다. 당/신은 나를 듣고, 나는 당/신을 듣는다. 이때 당/신은 죽은 자들의 나라에서 날아온 사자(使者)이거나 천사이거나 없음이다. 당/신은 이름이 없고, 나는 이름이 있다. 이름 있는 내가 이름 없는 당/신을 꿈꾼다. 아니다. 이름 없는 당/신이 나를 꿈꾼다. 아름다운 형상을 꿈꾼다. 나는 나를 낳아주었으나 지금은 내 몸에서 죽은 몸인, 내 어머니처럼 당/신과 '있다'. 리듬 속에선 있음으로 '없음'을 호흡한다. 혹은 그 반대다. 시는 있음과 없음의 길항 속에서 파동으로 움직인다. 파동은 패턴을 갖기 마련이다. 패턴이 리듬으로 움직인다. 시는 그 이상도 이하도 아니다. 이 리듬 때문에 시는 소통의 장으로 나아간다. 멜로디를 포함한 리듬이다. 리듬은 사람이라면 모두 느낄 수 있고, 감당할 수 있는 영혼 사이의 울림이다. 이 울림을 타고 시인의 삶이 누군가의 영혼을 친다. 그리하여 시는 메타포가 아니라 현전(現前)이다. 무언가 완성되는가 했더니 소멸하고, 소멸하는가 했더니 다시 불길이 인다. 사물인가 했더니 사물 저편이다. 시는 단어와 단어의 만남, 그 파동을 통해 언어 속에서 수수께끼를 끌어낸다. 그 수수께끼의 지속적인 밀도, 그것이 시라는 것이다. 언어를 사용하지만 언어가 사라진 세계가 시다. 무심하게 시간이 도려내어져서 눈앞에 현전한다. 음악의 살과 나의 살의 순간적인 섞임, 그 떨림, 그러다 곧 사라진다. 나는 언어의 음악을 듣는다. 길거리 음반가게 앞에 내팽개쳐진 노숙자처럼. 노숙자가 찬 바닥에 엎드려 도니제티의 광란의 아리아를 듣는다. 그때 내 얼굴에서 내 과거, 내 기억, 내 현재, 내 죽음이 몸속을 가로지른다. 고통스런 음색과 성량이 나를 덮는다. 찌른다. 나는 그 리듬에 바쳐진 몸이다. 이 몸으로 나는 당/신의 영혼을 만진다. 만진다고 잠시 착각한다.

여성시와 유령 화자

진도의 세습무 채정례는 언니 채둔굴의 씻김굿 자리에서 '넋이야 넋이로세 넋인 줄 몰랐더니 오늘 보니 넋이로구나' 하고 노래를 부른다. 이 노래를 부를 때 관객들은 운다. 자신이 늘 씻고 털어준 말랑말랑한 살이 어느 날 문득 돌아보니 가버리고 없는 것이 아닌가. 넋이 있는 줄도 모르고 살아왔는데, 문득 돌아보니 몸은 가고 오로지 넋만 남은 게 아닌가. 아니, 그게 아니라 이 살이란 것이, 이 내 몸이란 것이 저 살아 있는 인간들의 눈엔 더 이상 보이지 않는다지 않은가. 이 놀라움을 어찌 다 말로 할까. 무당 채정례는 죽은 언니의 목소리를 대신 소리 내어 부른다. 무당의 입에서 넋의 목소리, 리듬의 굴곡을 타고 먼 들판을 휘돌아가는 목소리가 터져 나오는 순간, 관객들은 모두 자신들의 시간, 그 속에 숨은 심연의 틈을 본다. 그리고 넋인 줄 몰랐었는데 넋이 되어버린 황망의 시간을 미리 운다. 개념으로서의 죽음이 아니라 사건으로서의 '나'의 죽음, 그 모습이 속수무책으로 '나'의 심장을 휘돌아갈 때 그 누가 자신의 죽음이 자신의 능동성 밖에 있다는 엄연한 사실, 죽음이 자신의 절대적 타자라는 사실에 눈물로 화답하지 않고 배길 수 있겠는가. 그리고 잠시 후 우리는 '무당'을 운다. 살아 있으려고, 살아 있다고 말하기 위해 죽음을 불러온, 죽은 체하는 그 역설, 무당이라는 화자의 병(病)의 '목소리'를 함께 운다. 울음 속에서 청자 모두는 주술의 리듬에 실려 자신들의 몸 밖으로 함께 이륙하여 시의 찰나적 대륙인 리듬의 나라, 죽음의 나라로 떠오른다. 그리고 다시 운다.

나는 늘 수상쩍게 생각해왔다. 1979년 이전에 씌어져서 소위 데뷔작이 된 내 시들, 「도솔가」「월식」「담배를 피우는 시체」로부터 내 시의 화자들은 왜 이승의 사람들의 목소리를 갖지 않았었는가. 몇십 년 전의 순간 속에 점멸했던 '나'들인 그들은 왜 나도 모르는 새, 유령의 목소리를 내었었는가. 내 얼굴, 내 살, 내 몸은 어디로 가버렸는가. 시 속의 내 얼굴, 내 살, 내 몸은 누구에게 인질로 잡혀가고, 거기 넋인 줄 모르는 넋만 남아 리듬 속에 숨겨진 박자들처럼 점멸하고 있었는가.

나는 우리나라 여성시인들의 시를 읽을 때나, 나 자신 한 편의 시를 끝낸 얼마 후 다시 나의 시를 들여다볼 때, 시 속의 말하는 자들이 각기 다른 유령의 목소리로 말하고 있는 것을 발견하곤 했다. 아마도 여성시의 화자의 모습을 분류하기 좋아하는 이들의 목록 속엔 처녀, 누이, 어머니, 할머니, 마녀, 창녀 등등 외에 반드시 유령을 포함시켜야 하리라. 그렇다면 여성시인에겐 왜 이토록 불길한, 유령이라는 또 하나의 정체성이 있는가. 여성시인에겐 왜 유령이라는, 지금 여기에 존재하지 않으나, 지금 여기에 이미지라는 또 하나의 유령의 살로 존재하고 있는 목소리, 리듬이 입혀진 실체 없는 화자가 존재했어야만 했는가.

시는 견딜 수 없는 세계 내 존재로서의 자신의 정체성을 벗어나려는, 어쩌면 초월해가려는 몸짓이다. 정체성은 존재자가 원하건 원치 않건 간에 가야만 했던 학교처럼 학습을 통해 습득된다.

모두들 나에게 숙제를 내주고 있다.
이별하는 사람은 이별의 숙제를
미워하는 사람은
미움의 숙제를
사랑하는 사람은
사랑의 숙제를.

— 김승희, 「평화일기 4」 부분[1]

학교에 갈 때마다 우리의 몸은 짐작할 수는 없으나 실존하는 어떤 원본에 의해 복사된 몸으로 재탄생되고, 집에 돌아와 숙제장을 펼칠 때마다 성적인 정체성이 내 살에 표기된다. 강

1. 김승희, 『달걀 속의 생(生)』, 문학사상사, 1989.

은교의 말대로 "바람이 날라온 살"(「황혼곡조(黃昏曲調) 4번」)에 누군가 징으로 글씨를 새긴다. 장엄 비극도, 악마의 이미지도 부재하는 한국문학의 장에서 여성의 몸은 그 시대의 부정적이고 배타적인 에너지를 쏟아붓기에 가장 적당한 장소가 되었다. 우리는 자신의 몸에 이 사회의 학교에서 받은 숙제를 멋모르고 새기면서, 그 정체성이 내 얼굴에, 내 살에, 내 몸에 부과된 숙제인지도 모르면서 또다시 숙제를 계속한다. 우리의 몸이 문화적 의미 부여를 위한 '살로 만든 종이'가 된 줄도 모르면서 우리의 몸을 스스로 박제로 만들어버린다. 그리고 자신의 몸을 문화적인 상징들, 혹은 억압된 상징들이 미어지게 적히는 무대로 만들어버리기까지 한다.

여성시인들의 언어는 여성이라는 존재가 자신의 몸에 새겨진 숙제의 문신들을 얼마나 고통스럽게 경험하는지를 공감하고 난 뒤에 설명될 수 있을 것 같다. 이 경험의 때, 여성의 언어는 스스로의 살을 끊어 파는 정육점의 언어다. 피가 뚝뚝 떨어지고, 비명들이 쏟아져 나온다. 그로테스크하고, 비참하다. 여성시인은 이 그로테스크의 강을 건너야 언어의 세계에 입문할 수 있다. 자신의 죽음을 늘 목도하는 비명의 강을 거슬러 가야 입술이 열리고 말이 쏟아질 수 있다.

여성시가 품은 함의를 따로 논구해보는 것, 여성시의 고유한 의미들을 객관화하고 분류하는 것은 매우 어려운 일이다. 이 방법이 기존의 것들이기 때문에 여성시에서 의미를 긁어낼 마땅한 연장은 없다. 그래서 지금까지 있어온 형식적 지표들, 의미 분류 기준들에 여성적 언어를 대입할 경우 상호 모순이 생겨난다. 늘 해온 숙제의 표기들로는 깊은 문신을 긁어내고 들여다볼 수 없기 때문에 여성시를 해독하는 데에도 여성시가 씌어지던 그 순간과 만나는 새로운 발성기관, 새로운 발성법에 대한 해독이 필요하다.

여성들의 시에서는 내용과 틀의 괴리 현상이 빈번하게 일어나고, '유령적 해체'라고 명명해야 할 스스로의 몸에 대한 해체가 집요하게 개진된다. 여성 자신의 몸을 해체하면, 기존의 서정시가 해체된다. 그러하기에 숙제가 새겨진 몸의 해체는 여성화자, 청자의 몸을 유령의 몸으로 상정함으로써만 비로소 개진될 수 있다. 몸에 새겨진 문신 같은 말들을 걷어내는 이 힘든 몸짓, 이것은 자신의 죽음이라는 담보 없이는 불가능하다. 그렇다. 여성시인이 숙제 밖의 말을 하는 것, 다시 말해 스스로의 말을 하는 주체가 된 대가는 이미 죽은 몸을 스스로 다시 죽이는 것이다. 자신의 말을 빚어 숙제 밖의 말을 형상화하는 것, 숙제의 말에 대한 유령적 해체를 도모하는 것에 대한 보상은 모두 죽음이다. 이 두 번의 죽음, 언어 제도에 의한 죽음과 언어 제도의 벽을 깨고 나감으로써 자신만의 언어를 발화해야 하는 수행으로서의 죽음, 이 둘 사이의 틈을 통해 여성 시인의 시가 탄생하는 것이다.

지금까지 우리가 익히 보아왔던 한국시의 초월은 자신의 몸의 죽임 없이 세계 밖에서 초월을 불러오는 남성적인 수직적, 은유적 초월이었다. 그러나 여성시는 수평적, 환유적 전복을 도모한다. 절대적 피동의 세계인 죽음을 스스로 전유한, 두 번 죽음을 겪는 여성시인에게 초월은 없다. 이제까지 한국의 서정시를 평가할 때 붙여지던 상투적인 의미에서의 그런 승화, 해탈은 없다. 여성시는 초월로부터 벗어나 쉼 없이 도망가려 한다. 그리고 다만 타자의 살을 만져보려는 지난한 몸짓, 자신의 문신을 문대보는 고통이 있을 뿐이다. 쏟아져 나오는 말들 사이에 연인으로서의 나, 환자로서의 나, 시인으로서의 나'들'인, 이 세상으로부터 숭앙되는 척 쫓겨나는 타자들로서의 나의 중얼거림이 있을 뿐이다. 죽어서 그들이 명명한 몸은 보이지 않게 되었지만, 넋으로 남은 이 질긴 '나', 아니면 죽음을 입지 않으면 미쳐버리고 말 신들린 무당이 된 것 같은 '나'의 목소리를 타고 흘러나오는 고통의 발화, 무당의 말하기와 같은 '대신 말하기'의 목소리가 있을 뿐이다. 여성시인은 왜 두 번 죽으면서도 자신이 여성임을 인지하고 있을까. 왜 문자 그대로 초월과 승화, 넘어감, 다르게 됨을, 끝끝내 실현하지 않을까. 미지인 죽음을 밥 먹듯 전유하고도 스스로의 죽음을 넘어서 '여성'을 버리지 못할까. 시가 이미지를 실재라고 믿는 것처럼 자신의 몸 없는 넋, 유령의 목소리를 실재라고, '있다'고 믿게 되었을까.

영매는 여성적 징후인 여성의 병(病)과 접신하는 여성들의 목소리를 대변하는 존재다. 들판에서 농사짓고, 아이 기르다가 '무당'으로서 살기로 결심하는 것은 말하는 주체가 되기로 자신의 정체를 스스로 결정한 것이다. 그러나 말하는 주체가 되기로 한 대가는 엄청나게도 '나'의 죽음이다. 영매로서 존재한다는 그 사실, 곧 자신에게 들어온 죽음을 자신이 품고 있다는 사실 때문에 그들은 누구보다 고독하다. 고독하되, 영예롭지는 않다. 영예롭지도 못하면서 아프다. 자신에게 들어온, 그 부재하나 시끄럽게 떠들어대는 존재자들을 떠맡고 싶지 않으나 떠맡을 수밖에 없는 존재자의 만성적 질환의 고통은 누구보다 심하다. 그들의 병은 이타성 그 자체로 말미암는다. 각기 다른 자신만의 신과의 만남을 가능하게 하는 죽음의 집적

거림이 그들의 병이다. 병은 몸과 마음속에서 진행되지만, 자신들 스스로의 힘으로 그것을 물리치거나 고칠 수는 없다. 왜냐하면 그들의 고통은 이타성의 흔적이고, 신이 내린 상처로부터 연유한 것이기 때문이다. 그들은 유령적 존재감으로 충만한 채, 배타적 시선의 무게에 짓눌린 타자의 얼굴을 하고 있다. 그럼에도 이들은 그 무게감을 다른 사람의 죽음으로 힘껏 풀어낸다. 그들의 고통은 다른 고통(손님, 청자의 고통)을 만날 때에야만 비로소 주체로 등극하여 언어(공수)를 발설할 수 있게 된다.[2] 이렇게 언어로 죽음을 풀어내는 방식은 역설적으로 타자의 시선의 동앗줄로 꽁꽁 묶여진 구술자 자신의 정체성, 동일성마저 해체한다. 이러한 해체의 말을 유령적 해체의 말이라고 부를 수 있겠다. 물론, 이 말이 터져 나오는 장소는 푸닥거리, '씻김'의 굿 현장이다. 유령적 존재를 맞아들임으로써 스스로의 죽음과 단골의 죽음이라는 두 개의 죽음을 맞이한 씻김의 자리에서 무당들은 불길한 언어(자막이 없으면 알

2. 문학 치료 분야에서도 '귀신 이야기'는 중요한 역할을 한다. 특히 조선시대 사람들은 삶의 과정 속에서 생겨난 이상 체험들을 소화하기 위해서 귀신 이야기를 만들었는데, 그 귀신 이야기를 구술할 때 귀신의 행동 방식을 이야기하거나 감상하는 것을 근거로 그 당시 사람의 심리적 트라우마를 진단할 수 있었다고 한다. 그래서 현재에도 귀신 이야기에 대한 취향을 통해 환자를 진단하고, 그 처방으로 다시 귀신 이야기를 들려준다고 한다. 환자에게 귀신 이야기를 하게 함으로써 그 이야기의 구조, 소재,

아듣지 못할 사투리)로 죽음의 말을 들려준다. 그들의 말은 유령적 해체를 거친 여성시의 말처럼 상징계 내부에서 상징계를 깨고 나가 방언처럼 떠돈다. 그들은 죽음으로써 자신에게 부과되었던 이름 없는 변방 여성의 정체성을 벗어 던지고, 윤리적 주체로서 새롭게 맞이한 자신의 공간에서 말하는 주체로 등극하여 세상과 근대적 시간에서 쫓겨났으나, 그 시간 지표들을 가로질러 새로운 관계를 맺기 시작한다.

유령적 해체는 시인 스스로가 방법적으로 선택한 해체가 아니다. 유령적 해체는 어떤 의도나 대상에 대한 새로운 해석을 위해서 차용된 방법을 사용하지 않는다. 그것은 여성의 공간이라고 지정되어온 부재, 결핍, 침묵, 죽음, 수동, 어둠을 스스로의 몸으로 끌어안음으로서 그것을 전복시키는 언어적 이행이다. 자신의 삶을 무효화시킴으로써, 자신의 삶을 존재하지 않는 것처럼 보이게 하던 것들, 삶에 입혀진 죽음을 만나게 한

묘사와 원전을 변형시키는 모습 등을 통해 구술자의 내면의 지도, 욕망의 지도를 그릴 수 있다고 보는 것이다. 하은하, 「귀신 이야기의 형성 과정과 문학 치료적 의의」, 서울여대 박사학위 논문 참조. 더구나 굿을 통한 귀신의 이야기는 '순환의 힘이 굿을 통해 이루어진다'는 믿음 속에서, 자신들의 결핍을 순환하는 시간 속에서 보상받으려는 청자의 요청에 부응해 끝없이 변용되고, 다시 풀어진다. 김태곤, 『무속과 영의 세계』, 한울, 1993 참조.

다. 유령적 해체는 공간 속의 시간적인 틈, 시간 속의 공간적인 틈이다. 그 틈으로부터 여성의 말이 미끄러져 나온다. 이 틈은 존재하는 것이 아니다. 잡으려고 하면 없는, 하나의 미끄러지는 간격이다. 이 틈은 과거도 미래도 아니다. 안도 밖도 아니다. 이 틈에서 명명하고 지정하여 버리고 나면 없는 현재, 소위 서정시의 시간적 특성인 그 영점의 시간, 영원의 현재가 열린다. 이 틈에서 여성시인들이 간취한 스스로의 모습, 해체된 주체, 타자화의 기나긴 시간을 끌어안은, 두 번의 죽음을 끌어안은 심연 속의 실체가 등장한다. 뒤집혀진 안과 뒤집어진 밖을 동시에 드러내는, 둘이면서 하나고, 하나이며 여럿인 여성시의 화자, 유령적 해체를 실현하는, 대신 말하기의 여성시의 화자가 등장한다. 유령 화자는 유령적 해체의 전략을 기존의 문법 속에서 구사하지만 여성에게 부과된 피동성, 받아들임 속에 달려 있는 문(門)들이 오히려 타자를 시인하고, 타자가 지나가게 길을 내주게 한다. 그들은 이미 되어진 말이 아니라 지금 터져 나오는 말을 한다. 갑자기 말이 터져 나와 입을 틀어막을 수도, 몸을 묶어버릴 수도 없는 상태 속에 빠진 것처럼 그렇게 한꺼번에 토사물 같은 것을 쏟아낸다. 그러나 이렇듯 단번에 자신의 육체를 쏟아버린 것 같은 말이 형식이 없는 것이 아니다. 잠시 후 돌아보면 토사물이 다시 한 여성의 몸을 만들어가기 때문이다. 이 토사물의 언어들이 고착된 언어 체계의 법전의 뚜껑을 닫을 수 없도록, 자꾸만 다시 쓰고, 다시 쓰게 만들어버린다. 그래서 새로움의 글쓰기는 본래적으로 여성적인 것임이 증명된다.

불면의 화자

강은교는 세상에 대한 허무를 말하고, 우리에게 허무의 실체를 보여준 시인이라고 알려져왔다. 그러나 강은교의 시집의 제목이 『허무집』이라고 해서 그가 근대의 병적 징후를 노래하거나, 시스템 자체에 대한 부정과 그 부정의 갈등 속에서 헤매는 시적 자아를 표출하거나 동일성, 통일성의 끈에서 떨어져 심연으로 떨어진 존재를 어쩌지 못해 발버둥치는 시적 자아를 표출한 부분은 발견되지 않는다. 문명의 질병들을 모든 가치들의 전도, 힘에의 의지를 통해 극복하고자 하는 반동적이고 적극적인 허무주의를 표출한 부분도 발견하기 어렵다. 다만 강은교의 스타일에서 무(無)에의 의지를 발견할 수 있을 것 같다. 강은교 시 속의 여성화자는 무 속에서 펄럭거리는 얇은 존재로나마 존재함을 그치지 않는다는 것을 현시하기 위해 연기(演技)한다. 그래서 강은교에게 부과된 '허무주의자'라는 지칭은 일상적인 의미에서의 '나약한 비관주의자'란 함의가 더 컸으리라는 생각을 지울 수 없다.

강은교의 초기 시에 대한 평가는 시집 전편을 통해 고백하고, 청유하는 여성화자들의 음성언어의 구술적 영역에 대한 연구가 동반되지 않았기 때문에 지금까지 일편향적일 수밖에 없었다. 강은교의 초기 시를 허무주의에 빠져 있을 거라고 규정하는 것은, 남성적인 시선에 의해서 여성화자의 목소리는 나약한 허무주의일 거라는 고정관념에 가두어버린 결과다.

아주 뒷날 부는 바람을
나는 알고 있어요
아주 뒷날 눈비가
어느 집 창문을 넘나드는지도.
늦도록 잠이 안 와
살[肉] 밖으로 나가 앉는 날이면
어쩌면 그렇게도 어김없이
울며 떠나는 당신들이 보여요.
누런 베수건 거머쥐고
닦아도 닦아도 지지 않는 피[血]들 닦으며

아, 하루나 이틀

해 저문 하늘을 우러르다 가네요.

알 수 있어요, 우린

땅 속에 다시 눕지 않아도.

—강은교, 「풀잎」 전문[3]

이 시의 화자는 미래를 선취하고 있고, 그래서 시 속엔 시간의 옥시모론이 내재한다. 시의 화자는 "땅 속에 눕지 않아도" 이미 죽은, 죽음을 선취한 복수(우리)의 화자다. 이 화자는 잠들지 않아도 "아주 뒷날 부는 바람" "아주 뒷날 눈비가/어느 집 창문을 넘나드는" 것(미래)을 모두 알아볼 수 있다. 더구나 "늦도록 잠이 안" 오는 불면의 밤이 오면, 시간의 틈 속에서 홀연히 미래의 한 공간을 볼 수 있다. 그 미래의 공간 속에서 "울며 떠나는 당신들"을 보기도 하고, "닦아도 닦아도 지지 않는 피[血]들 닦으며" "해 저문 하늘을 우러르다" 가는 '당신들'을 보기도 한다. 어찌하여 이 복수(複數)의 화자는 육안으로는 볼 수 없는, 이 모든 것을 볼 수 있게 되었는가. 어찌하여 이 화자는 살 밖으로 나가 앉을 수 있게 되었는가. 그리고 시인은 어

3. 강은교, 『풀잎』, 민음사, 1978.

찌하여 이 화자를 '나'라고 하지 않고, '우리'라고 하는가.

시의 화자는 선험적으로 미래를 선취하고 있지만 스스로는 영원히 죽음에 들지 못해, 이름 없는 존재가 되어 구천을 떠돌며 '당신들'의 주검을 본다. 이 화자들이 시집 곳곳에서 시간의 틈 밖으로 고개를 내민다. "어제 떠나간 사람의 목소리도/아직 살아서 들을 수 있다"(「희유곡(嬉遊曲)」)에서처럼 화자의 시선은 과거, 미래를 가리지 않고 넘나들며 시간의 틈내기를 감행한다. 그리고 그 시간, 밤 속의 낮을 홀로 지키는, 표백제에 담긴 것 같이 존재가 바래지고 있는, '불면'의 화자에게 더 환히 열리는 틈의 시간, 화자는 자신 속에 들어와 있는 이질적이고 견딜 수 없는 육체인 살[肉]을 벗고, 죽음의 거푸집으로 회귀하는 인물들을 목도한다. 살을 이미 벗었다고 말하는, 존재자 없는 존재인 화자가 살을 벗느라 피 흘리는 '당신들'에게 죽음의 목소리로 일갈한다. 이때 시의 화자는 살을 벗고 입을 수 있는 살의 주인인 화자와 시간의 틈 속에서 고개를 내미는 여자(들)이면서 유령의 눈을 가진 여자(들)라는 또 하나의 화자, 복수의 화자일 수밖에 없다.

> 나뭇가지에 걸려 있는 여자를
>
> 보아라

종이처럼 그 여자 오늘 구겨짐을
보아라
구겨지며 늘 비 흐름을
비 흐르며 그 여자 길 밖으로 떠나감을
보아라
모든 길 밖에 흐르는 길동무들을
보아라
언제나 싸우고 있는 길의 밤꿈을
보아라
정오(正午)엔 많은 바람으로 펄럭이다가
사라지는 그 여자의 꿈속
모든 가을길은 멀어서
마지막엔 그대도 보이지 않는 걸
보아라

—강은교, 「가을의 서(書)」 전문[4]

잠들면서
참으로

4. 강은교, 『사랑 비늘』, 좋은날, 1998.

잠들지는 못하면서
쓰던 뼈는 다시
불후(不朽)의 살로 덮고
제 아이는
등 뒤에
이슬 묻혀 남겨놓지
그래도 흐린 날은
귀신이 되어 울지
잊지도 않고
잊을 수도 없이

—강은교, 「황혼곡조 2번」 전문[5]

「가을의 서」는 "보아라"라는 반복적이고 주술적인 청유형 외침을 통해 한 여자가 살을 벗는 과정을 연기한다. 여성시인의 '보아라'라는 외침은 여성을 타자화한 시선에게 오히려 부재를 되돌려주는 투척 행위이다. 한 여자가 종이처럼 구겨지다가 흐르고, 펄럭이다가 사라진다. 가을 나뭇가지에 단 하나 붙어 있던 낙엽이 떨어지며 내는 것 같은 소리, 존재의 바스

5. 강은교, 『어두우니 별 뜨는 하늘이 있네』, 영신문화사, 1986.

락거림, 이 소리를 타고 육체를 벗은 여자가 길 밖으로 나가자, 길동무들이 동행한다. 모두 길 밖으로 나가자 '그대'마저 길 밖으로 흘러 보이지 않게 된다. 시의 화자는 보이지 않는 걸 보라고 외친다. 우리가 육안으로 보던 육체를 지우는 과정이 시 속에서 진행되고, 그 지우기 작업을 보라고 화자는 외친다. 왜 지우는가. 그것은 여성의 몸이라는 이 일차적인 공간에 입혀진 살 때문이다. 여성의 몸, 살에는 문화와 철학과 초월과 신의 이름으로 새겨진 얼마나 무거운 숙제가 입혀져 있었는가. 이 시의 화자는 그것들을 벗고, 가벼워져서 심지어 구겨지기까지 한다. 가벼워져서 길 밖으로 나다닐 수 있게까지 된다. 낙엽처럼 말이다. 이 시 속엔 보이지 않는 세계와 보이는 세계를 연결하는 카발라 정원의 나무 같은 그런 나무 한 그루가 서 있다. 나무는 하늘에 머리를 두고, 땅 속에 뿌리를 두고 양쪽 세계를 연결한다. 그러나 그 나무에 여자가 걸렸다 떠나가자 세상은 길 밖으로 흐르고, 마지막엔 모두 잠적한다. 만물이 존재를 벗고, 익명 속으로 사라져간다. 「황혼곡조 2번」에선 흐린 날엔 간혹 귀신이 되어 우는 여자가, 그렇지 않은 날엔 불후의 살로 뼈를 덮고 아이에게 젖과 같은 이슬을 묻혀두는 여자가 등장한다. 그의 정체성은 유령이지만 아이를 만나야 할 땐 살을 입는다. 아이를 앞에 두었을 때 그는 "살"을 입고 현현해야만 한다. 왜냐하면 아이에게 젖을 물려야 하니까. 아이를 키워야 하니까. 아이는 내 앞에 '있음'이니까. "잠들면서"라고 말하는 '없음'의 시간, 혹은 "참으로 잠들지는/못하면서"라고 말하는 불면의 명명받지 못한 '있음'의 시간을 넘나들며 화자는 유령적 존재로서의 삶을 살아간다.

강은교의 시에서 살은 입고 벗음이 자유자재다. 「황혼곡조 2번」에서 시적 화자는 살을 덮고, 「가을의 서」의 화자는 살을 벗는다. 이들은 살을 벗었다 입었다 하면서 『허무집』 속에서 유령적 존재로 복귀하고, 복귀한다. 그들은 현재라는 시간의 보존과 지속을 위협하면서 모든 시적 대상들을 해체하여, 그들을 '흐르는 것'으로 만들어버린다. 『허무집』의 화자들은 오로지 육체만을 가진 존재도 아니고, 오로지 영혼만을 가진 존재도 아니다. 그들이 육체만 가졌다면 유령이 될 수 없고, 영혼만을 가졌다면, 살을 통한 수행이 있을 수 없다. 그러기에 살이 옷과 다른 점은 살은 벗음으로써 죽음과 대면할 수 있게 되고, 입음으로써 현실의 아이에게 "이슬"을 묻힐 수 있다는 것이다. 시 속에서 화자가 보이지 않으면서도 볼 수 있는 존재이려면, 살을 입고 벗음이 자유자재여야 하지 않겠는가.

그러기에 유령은 역설적으로 육체를 통한 현현을 도모하지 않고는 아무 말도 할 수 없는 존재다. 잠을 자고 있을 때나, 불면의 시간이나("잠들면서/참으로/잠들지는 못하면서"), 어둡거나 밝거나 간에 시의 화자가 마주하는 것은 선험적이고 직관적으로 지각하는 '바람 부는 무덤'(「풀잎」)의 역설적 순간이며, 이때 화자는 관념이 아닌 육체로서 유령을 맞아들인다. 그리고 그 '바람 부는 무덤'이라는 역설적 존재의 자리에 선 육체가 육체와 영혼이라는 이항 대립의 이분법을 뭉갠다. 죽음이 두려워서 살을 입는 것이 아니라 그 죽음을 끝까지 추구하기 위해서 엑토플라즘 같은 살을 입는 것이다. 그러자 화자는 그 죽음으로부터 유령의 목소리를 얻고, 관념과 의미를 해체하는 유령의 살을 얻는다.

무당 어머니

고정희의 언어는 수행의 언어다. 고정희의 시들은 전투의 텍스트고, 전장의 틈에서 피어난 사랑의 텍스트다. 고정희는 자신의 언어 능력competence에는 오히려 관심이 없어 보인다. 그는 구체적인 언어의 실제적인 사용에 더 관심이 많다. 누구보다도 그는 언어를 구비문학적으로 사용한다. 그는 즉흥적,

일회적으로 언어를 사용한다. 그래서 그의 시적 언어는 시적 화자와 시의 청자의 자리를 연행자와 청중의 자리로 변모시킨다. 이러한 언어 수행은 고착화된 서정시의 발화법을 짓뭉개고, 강하고 넓은 의사소통의 현장으로 시를 데려가 서정시 발화의 고정성, 착종성을 털어버리려 한다.

고정희만큼 가상적, 허구적 인물의 목소리를 시의 표면적 화자로 무수히 채택한 예는 드물다. 그 허구적 인물들은 경고, 위로, 고발의 역할을 수행한다. 경고를 담당하는 것은 주로 하느님 화자이고, 위로의 역할을 수행하는 화자는 무당 화자이고, 고발의 역할을 수행하는 화자는 황진이, 허난설헌, 이옥봉 같은 역사 속에 실존했던 여성인물 화자이다. 그중 고정희의 시집 『실락원 기행』 『초혼제』 『저 무덤 위에 푸른 잔디』 『광주의 눈물비』 『모든 사라지는 것들은 뒤에 여백을 남긴다』에 담긴 위로, 극복의 역할을 수행하는 무당 화자가 발화하는 시들은 대개 굿의 '거리'라든가 춤사위, 추도식 형식에 맞춘 연작시 형태로 씌어 언어 선택 면에서나 리듬, 시의 구성 면에서도 굿의 형식을 따르고 있는 것이 보통이다.

사람이 죽으면 흙으로 돌아가고
태어나는 사람마다 생기복덕 따로인데

비명에 죽어간 우리 아들딸 혼백은
높고 높은 하늘에도 깃들지 못하고
넓고 넓은 땅에도 머물지 못하고
죄 많은 에미 가슴통 파고 들어앉아
자나 깨나 앉으나 서나
애간장 찢는 호곡 소리
음산한 구천에 비길 바 아닌지라
태어나는 목숨에
피를 주고 살을 주는 어머니여,
에미 가슴속에 묻어준 시체
육탈도 안 되고 씻김도 안 된 시체
살아 있는 등짝에 썩은 살로 엉겨붙어
어머니 원 풀어주세요
호령을 했다가
육천 마디 모세혈관에 검은 피로 얼어붙어
어머니 우리 진실 밝혀주세요,
구곡간장 찢는 소리에 세월 다 이웁니다
내려놓을 수도
벗어놓을 수도 없는 시체
도망갈 수도

외면할 수도 없는 시체

시체 썩는 냄새로 일월성신 기웁니다

— 고정희, 「오월항쟁 진혼굿—넋이여, 망월동에 잠든 넋이여」 부분[6]

이 시는 고정희 시 세계의 흐름 속에 중요한 변수로 작용한다. 이 시는 민중의 발견에서 점차적으로 어머니의 목소리로 진행되던 시의 장(場)이 굿판으로 변모되는 지점에 위치한다. 이 시에서 무당 화자는 오월혁명 기간 중에 죽은 아들의 목소리를 빌려 그 어머니의 참담한 심정을 대신 말한다. 시적 화자는 씻김굿을 연행하는 무당이다. 무당은 이승을 떠나지도 못하고 어머니의 가슴속에 무겁게 시체로 가라앉은 아들의 혼을 저승으로 보내는 의식을 거행하는데, 그 연행 중에 아들의 목소리가 들린다. "어머니 원 풀어주세요" "어머니 우리 진실 밝혀주세요"라는 목소리가. 아들은 죽은 것이 아니라 죽지 못해 떠도는, 죽음이 불가능해 우는 죽음이다. 아들은 그들에 의해 죽임을 당했으나, 죽음을 의미화하지 못해 구천을 떠돈다. 이렇게 두 죽음 사이를 떠도는 아들의 목소리는 자신의 몸을 의미화하지 못하고 떠도는 고정희 시의 여성 화자, 역사

6. 고정희, 『광주의 눈물비』, 동아, 1990.

속의 여성인물들의 목소리와 닮아 있다. 이 시 속에서는 극중극이 진행되는 것처럼, 시의 발화자의 목소리가 두 목소리로 중첩된다. 씻김굿에서는 대리자인 무당이 표면적인 화자이지만, 피대리자는 신, 죽은 사람, 또는 단골, 혹은 청중이다. 굿이 시작되면 무당인 대리자는 피대리자의 목소리를 빌려 극중극 형식으로 그들의 목소리를 직간접 화법으로 들려준다. 고정희는 무당의 말하기 방식을 시 속에 적극 차용한다. 그 결과 시 속의 표면적, 현상적 화자인 무당은 함축적 화자인 죽은 아들과의 경계를 짓뭉개며 발화자의 모든 위치를 점유할 수 있는 권리를 행사할 수 있게 된다. 시의 화자가 가시적 세계와 비가시적 세계의 시점을 짓뭉개며 넘나들 수 있게 되는 전지적 시점을 점유하게 되는 것이다. 「오월항쟁 진혼굿」의 화자인 무당은 애끓는 어머니의 심정을 대변하는 관찰자이면서 죽은 아들의 역할을 하는 수행자다. 그래서 이 시의 두 화자, 무당 화자 혹은 유령 화자는 현상적 화자이면서 함축적 화자가 된다.

고정희는 자신의 굿시 중에서 '위로'의 역할을 수행하는 시적 화자의 자리에 무당의 시점을 적극 수용하고, 이 수용의 자리가 개인의 말하기가 아니라 집단의 말하기의 자리, 해원의 무대가 되도록 한다. 이렇게 되자 시의 공간이 여성의 목소리로 공동체의 염원과 해원을 담던 신화적 공간, 원시공동체의 노래가 들리는 자리로 변모된다. 그래서 고정희의 굿시는 서정시를 그 발생 연원의 자리로 되돌려놓는 것이라는 또 하나의 의의를 갖게 된다. 고정희가 굿의 중개자 내지는 정신적 배경으로 어머니를 내세우고, 굿의 현장에서 무대화한 욕망은 시적 화자 자신의 것이 아니라 이미 타자화를 선취한 욕망이다. 이 욕망은 굿이라는 대신 말하기의 형식을 통해 아버지의 법을 위반함으로써, 어머니와 억울하게 죽은 아들이 미래에 경험할 무언가를 향한 전복의 가능성을 그 배후에 두고 있다. 죽음의 힘을 죽음의 세계 끝까지 밀고 나가는 무당의 목소리를 통해, 여성들은 고정희가 암시하는 전복을 미리 누릴 수 있는 것이다. 그리고 이와 같은 고정희의 굿시 때문에 한국 여성시가 여성의 욕망을 무대화할 수 있는 공간을 전진(前進)적으로 개진해나아갈 수 있었는지도 모르겠다는 생각이 든다. 아버지의 법의 경계를 넘어, 그 틈을 미끄러지는 말하기, 비가시적으로 떠돌며 표면적 서사 아래 남몰래 목소리를 낮추던 여성 발화자 자신들의 욕망을 가시화할 힘을 얻었는지도 모르겠다는 생각도 든다.

배꼽 어머니

김승희의 시는 수직적 상승의 언어, '안티고네적 부조리 감각'의 언어[7]인 새파란 처녀의 언어를 지나 죽음을 껴안은 알 속에 갇혔었다. 그리고 육체가 태어나기 이전의 자리에서 발견한 수평적 확장의 언어, 질주의 언어를 통해 안팎을 경계 없이 넘나드는 언어의 세계에 도착했고, 거기서 여성으로서의 유목적 언어를 「유목을 위하여」 연작과 「떠도는 환유」 연작을 통해 개진하였다. 김승희만큼 길고, 험한 언어의 강을 건너온 시인도 드물 것이다. 세상을 떠돌던 언어들은 모두 그의 몸 속을 거쳐 나와 새 몸을 얻은 언어로 변모했다. 그렇게 떠도는 그의 시적 언어는 역설적으로 누구보다도 모성의 언어였다(그만큼 배꼽에 집착했던 시인도 드물 것이다. 「배꼽을 위한 연가 6」편을 보라, 그는 배꼽을 보여주는 사람은 누구든 사랑하겠다고 말하고 있기까지 하다). 그의 몸을 떠남으로써 배꼽을 가지게 된 타자들은 모두 새로 태어난 타자가 되었다.

김승희의 시에서 김승희를 이승에 잡아두는 것, 김승희의 타

7. 김승희, 『달걀 속의 생』.

자에게 찬찬히 살을 입혀 데리고 다니는 것은 언제나 모성이다. 김승희는 전시집을 통해 '없는 아이'를 끌어안기도 하고, 또 자라나는 아이를 끌어안기도 하지만, 김승희를 일상의 윤리학 안에 매어두는 것은 아이라는, 혹은 아이와 동격인 어머니 시인에겐 절체절명인 타자이다. 이 타자는 시적 화자 밖에 있으나, 화자의 행동을 좌지우지하고, 무한하여 심지어 시적 화자를 자살로부터 구해낸다. 아니, 자살에 이르지 못하게까지 한다.

그대여, 당신이 누구든지 간에, 당신의 배꼽을 버리지만 않았다면은, 나 그대를 용서하겠습니다. 봄이 되어 메마른 나뭇가지에서 새싹이 트는 것을 바라보거나 푸드득— 새들이 날아오르는 것을 볼 때마다 나는 습진처럼 나의 배꼽이 가려워지는 것을 느낍니다. 이제 배꼽은 과거 완료가 아니라 언제나 현재 진행형으로 나의 삶 속에 움터 오르고, 어머니— 아, 어머니— 라고 불러보면 바닷가를 울면서 걸어간 한 여인이 떠오릅니다, 그녀의 슬픔 그녀의 사랑 그녀의 절망을 따라 나의 배꼽은 또 하염없이 시원의 태 속으로 적셔 들어가고, 어머니— 자비와 저주의 비밀 구좌이신 어머니— 나의 어머니시여

—김승희, 「배꼽을 위한 연가 1」 부분[8]

배꼽은 “더럽게 뒤엉긴 자그만 동그람이 굽이굽이 꼬불쳐진” “부끄러운 죄와 어리석은 욕망이 고불고불 서리서리 끼어 있는”(「배꼽을 위한 연가 1」), 누구에게나 있는 것. 배꼽에게서 김승희는 당연히 어머니의 몸을 본다. 내 존재의 발아점, 그곳은 더럽다. 그러나 역설적으로 환하다. 배꼽은 “피리 소리는 짓무른 나의 배꼽에/육모초 같은 금가루를 자꾸만/뿌려줍니다”(「배꼽을 위한 연가 4」)에서처럼 ‘엄마의 날개뼈’와 통한다. 배꼽 때문에 ‘나’는 어머니와 연결되어 있었고, 배꼽 때문에 ‘나’는 어머니와 분리되었다. 배꼽은 어머니의 목숨처럼 ‘나의 목’을 감았었지만(「배꼽을 위한 연가 4」), 또 “뜨개바늘이 움직일 때마다/풀려나가는 실타래가/꼭 나의 배꼽인 것만 같아/어머니—부르며 나는 어머니의 손목에서 뜨개질감을 빼앗아버”(「배꼽을 위한 연가 6」)린다. 이처럼 배꼽은 어머니의 생명이 흘러 들어왔던 줄이지만 다시 생명이 빠져나가는 줄이다. 김승희는 배꼽의 이율배반적인 이 두 지점에서 어머니의 모성의 두 모습, 이어서 어머니가 된 자신의 모성적 지점을 발굴해낸다. 배꼽은 “과거 완료가 아니라 언제나 현재 진행형

8. 김승희, 『왼손을 위한 협주곡』, 문학사상사, 1983.

으로" "움터 오"른다. 그러면서 안팎이 공존하는 이 지점, 죽음과 삶이 공존하는 이 지점에 자신의 시적 존재의 모습을 위치시킨다.

너는 어디에선가
오늘 새벽에도 또 죽고 있겠지,
고운 머리칼의 딸들과
아직 우유병을 빨고 있는
네 귀여운 아들을 이층 침대방에 잠재우고
살금살금 아래층으로 내려와
도둑고양이처럼
지하실 계단을 밟고

원, 세상에, 간밤에 이층여자가 죽었다는군,
식탁 위엔 제 새끼들을 위한 우유와
아침식탁을 준비해놓고
보일러실의 가스를 틀고
잠옷바람으로 개처럼 뻗어 있드래, 글쎄,
끔찍하지, 암, 끔찍하고말고,
침과 오물과 토사물을 모조리 꺼내놓고

원, 세상에, 더럽기도 하지,
교수부인이라는 여자가

잠에서 깨어날 때마다
난 언제나 그렇게 내 시체가 앰뷸런스에 실려
이미 떠난 후였던 것 같다,
부스스한 머리로 부스스한 아침을 먹고 있는
나를 보면
사람의 일생이란 잘해봐야
자살골을 숏 골인시키는 일 외에
무엇이 있을까,
오전과 오후가 광명의 보자기처럼
활짝 펼쳐지는 눈부신 대낮에 생각해보면
산다는 것이 또
포르노그래피 같은데

실비아 플라스,
넌 왜 아주 가지 않고
밤마다 내 침실 창 너머에
달빛 같은 검은 상복을 걸치고

안녕을 묻고 있지,
양쪽에 두 아이를 거느리고 누워 생각해보면
실비아 플라스,
자살과 상사병 사이엔 유사성이 있다고 하던
그 말이 에이즈 균처럼 떠오를 뿐이야
— 김승희, 「실비아 플라스」 전문[9]

실비아 플라스의 죽음과 자신의 삶을 중첩시킨 이 시는 1연에서 실비아 플라스의 삶을 관찰하는 나의 목소리(관찰자)가 있고, 2연에선 누군가 실비아 플라스의 죽음을 두고 소문을 내는 말을 내가 듣고 있고(소문), 3연에선 실비와 플라스와 동일시된 화자가 화자의 삶을 고백하고 있고(고백자), 4연에선 화자가 실비아 플라스에게 말을 건네고(대화자) 있다. 이 시는 이처럼 각 연에서 화자의 변이를 통해 시 전체가 여러 명의 인물이 하나의 상황을 두고 극을 진행하는 것처럼 짜여 있다. 김승희의 시에서 이와 같은 대화적 실천은 원자적 자아 개념의 함정을 벗어나기 위한, 혹은 제시된 상황에 대한 한 가지 시선만을 표출하지 않으려는 김승희식 발화법의 특징이다. 여러

9. 김승희, 『달걀 속의 생』.

명의 화자가 한 가지 시점을 공유하지 않으려는 이 반성적 몸짓, 이 몸짓이 한 편의 시에서 복수 화자를 탄생시킨다. 김승희만큼 설의법을 시에서 적극 구사하는 시인도 드물다. 김승희는 질문을 통해 대화를 유도하고, 화자의 양면성, 다면성을 그대로 노출함으로써 시 한 편을 입체적인 체적으로 구성한다. 앞의 시에서도 김승희는 아이들을 안쪽에 거느리고, 실비아 플라스처럼 죽지도, 그렇다고 살아 있지도 않은 포르노그래피 같은 삶, 다수의, 그러나 한 시인의 목소리로 발화한다. 아이들에게 볼모 잡힌 모성은 실비아 플라스처럼 '현세를 벗어나는' 일에도 존재를 의탁하지 못한다.

죽음 비슷한 생(生)이 있어
살지도 죽지도 못하고
엄마 비슷한
아내 비슷한
[……]
배우 비슷하게
은막 비슷한 곳에서

너, 참, 정말, 무엇에 널 걸거니? 응? 말해봐,

참, 무엇에든 널 걸어야 할 거 아냐?

— 김승희, 「떠도는 환유 5」 부분[10]

김승희는 "사랑도, 눈물도, 진짜도 아닌 것 같은" 그러나 "그런 비슷한 것"들이 "생(生) 비슷한 것을 이루고" "죽음 비슷한 생(生)"을 다시 꾸미는 것을 생이라고 생각한다. 김승희는 대화적 언술을 통해 거의 모든 시에서 자신을 바라보는 또 하나의 시적 화자를 내세움으로써 자아를 분열한다. 분열되는 것은 자아만이 아니다. 시 속의 모든 대상들이 본질이 아니다. 인접한 현상일 뿐, "떠도는 환유"일 뿐이다. 그것은 어디에도 여자는 집을 지을 곳이 없다는 존재론적 인식에서 연유한다. 이런 존재 인식으로 인해 김승희는 자신의 또 하나의 정체성, 유령적 정체성을 발견한다. "여자는 삼계(三界)에 집이 없어/아버지의 집도/남편의 집도/아들의 집도/여자의 집은 아니어서//친구여, 나에겐 그런 예감이 있다네,/나혜석은 죽어서도 옳게 묻히지 못하여/구천을 떠돌다가/이제 나에게로 와서/내 가슴을 위패삼아 머물고 있으니/나 또한 미신처럼/그의 신위(神位)를 비밀히 모시고 있으니/여자는 /왜/자

10. 김승희, 『어떻게 밖으로 나갈까』, 세계사, 1992.

신의 집을 짓기 위하여/자신을 천지사방 찢어버리지 않으면 안 되는가,/검정나비처럼 흰나비처럼/여자는 왜/자신의 집을 짓기 위하여선/항상 비명횡사를 해야 하는가"(「나혜석 콤플렉스」)라고 묻는 이 시 속에서 나혜석은 시적 화자의 가슴 속에 위패를 두고 있다. 실비아 플라스는 달빛 같은 상복을 입고 화자의 방을 두드린다. 시인과 시 속의 화자가 구별되지 않은 채 그(그들)는 독백한다. 이 복수 화자의 엉긴 독백이 여성시의 화자는 독백적 진술을 하며, 아울러 서정시의 화자는 단일 의미자로서 진술한다는 풍문을 짓뭉갠다. 유령들이 가슴속이나 문 밖에 존재하자 시적 자아는 분열될 수밖에 없었고, 시 속의 목소리가 다중적 겹침의 목소리가 될 수밖에 없었던 것이다.

내가 길을 가는 것이 아니라
길이 나를 가고 있다,
배차시간이 촉박하여
사람을 치어 죽여도 모르고 질주한다는
저 무서운
시내버스 아저씨처럼
우리에게도 촉박한 배차시간이

이미 나름대로 매겨져 있는지도 모른다.

흉악한 질주
누가 나 때문에 치여 죽었다 해도
무슨 큰 의미가 있겠는가.
배차시간에 쫓겨서
다만 서로 그러는 것뿐이니

전생과 내세가 없어져서인지도
모른다는 생각을 한다.
현세만 가지고
배차쪽지를 배당해 나누어주고 있으니
이 작은 길은 너무 좁고
이 좁은 길은 너무 붐비는 것이다.

현세의 담 밖으로
지금의 담 밖으로
이곳의 담 밖으로
나를 이륙시키는 마음.

전생의 이름으로
내세의 이름으로
현세의 담을 터서(생의 탈영토화)
느리게 한없이 느리게
길의 파시즘을 표류시키는 마음,

유리관 속의 탈지면 위에 표본된
아름다운 나비의 가슴에 꽂힌
제도의 황금핀을 뽑고서……

—김승희, 「유목을 위하여 2—길의 파시즘」 전문[11]

이 시에서 개진되는 화자의 자리는 "길의 파시즘"을 넘어서 "생을 탈영토화"시키려는, '현세를 넘어서려는' 유령적 실존의 자리다. 김승희는 안팎에 걸쳐진 배꼽의 자리에서 모성의 자리를 발견하고, 이어서 시의 극적인 구성을 통해 다수의 목소리로 발화하는 여성적 주체의 자리를 발견한다. 시적 화자에게 복수의 정체성을 상정하자 유목자의 자리, 확장된 화자의 자리가 도래한다. "제도의 황금핀"을 뽑고, "길의 파시즘"

11. 김승희, 『어떻게 밖으로 나갈까』.

을 넘어가는, 하나이면서 여럿인 화자가 질주하는 길은 자신을 유령적으로 해체한 유목의 길임을 스스로 깨닫게 되는 것이다. 유목이 현세의 길을 넘어서 가는 것이니만큼 시인이 무당처럼 스스로 '고독'과 '피로'를 선택한 것임은 자명한 사실이 아니겠는가. 유목자는 타자들을 의식하고, 그들을 자식처럼 사랑하지만 소유, 전유하지는 않는다. 다만, 길을 흘러, 넘어다니며 타자들을 접속시키면서 그들 사이의 스파크를 보여줄 뿐이다. 「나는 쇼핑한다, 고로 나는 존재한다」라는 시에서 시적 화자는 걸프전이 터진 지구를 보여주면서 "나는 쇼핑한다 고로 나는 존재한다고/욕망의 질주로 부윰하게 떠오르고 있는/몽중보행"의 지구인들에게 "방독마스크를 쓴 엄마가/우주인 같은 모습으로/병원의 비닐 보호막 속에 누워 있는 환자 아기를 들여다보는 장면"을 들이민다. 화자는 자신의 두 발에 지구를 매고 공중 보행하면서 현세의 인간들을 비판적으로 접속시키는데, 이 접속의 언술 속에 정치적 이행을 동반시키려는 유목자의 간절한 소망이 들어 있다. 유목자는 구성된 주체가 아니라 스스로의 몸을 이행시키는, 세상을 다시 구성하려는 주체이다. 이 유목자의 모습과 김승희가 구현한 어머니의 모습이 겹쳐진다. 어머니는 배꼽으로 자신의 존재를 이행시키지만 그러나 어머니는 배꼽으로 아이들을 가두지 않는다.

이 스밈과 뱉음의 자리, 떠남과 되돌아옴의 자리, 변화의 자리에 김승희의 자식인 이 세상 모든 타자들이 걸쳐져 있다.

오백 살 먹은 마녀

김정란의 시는 한국에서 여성으로 존재하는 조건 자체가 여성에게 유령의 목소리를 내게 하는 상황임을 간파한 목소리, 그 자체다. 그의 시에서 빈번히 등장하는 일인극(물론 타자가 존재하지 않는 한 사람의 사담이 무대를 채우고 있다는 것이 아니라 '그'로 대변될 수 있는 남성적 존재를 그의 시가 필요로 하지 않는다는 말이다. 그의 시 「단성생식」을 보라), 무언극(말이 없는 무대라는 의미가 아니라 그에게서 목소리를 빼앗은, 빼앗으려는 자들의 말이 시 속에 존재하지 않는다는 의미다) 같은 무대는 시 속의 목소리에게 생명성, 육체성을 부여하려는 지난한 시인의 몸짓이 연출되는 공간이다.

"#1 카메라, 땅에 납작하게 붙어서 하늘을 올려 잡는다. 화면은 흑백 컬러, 모호하고 흐릿한 톤. 검은 물체 같은 것이 화면 가장자리에서 계속 중심을 향해 빠르게 움직인다. 중심에는 희뿌윰한 하늘. 검은 물체는 기체 같기도 하고 액체 같기도 하다. 흐릿한 유동성의 물질. 그것은 끊임없이 중심 쪽으로 너울너울 움직이지만, 중심의 빈 공간을 잠식해버리지는 않는다. [……] 그러나 검은색의 농도는 훨씬 묽어져서 잿빛에 가까워 보인다. 움직임도 거의 없다. 발광체의 빛이 희뿌윰한 화면 전체로 퍼진다. 이제 빈 공간이 화면 전체를 거의 차지한다. 카메라의 위치는 이제 발광체와 거의 같은 고도에 있다"(「이미지들—다스려진 고사리숲」)[12] 같은 시를 보라. 그의 눈인 카메라는 모호하고, 흐릿하고, 검은 액체 같은 것을 잡으려 한다. 그것은 카메라의 빛에 의해 "세관원 루소의 그림에 나타나는 원시림" 같은 이미지들을 내뿜다가 결국엔 카메라의 이동에 의해 검은색의 농도를 점점 잃어간다. 시인인 그의 눈이 그렇게 한 것이다. 그의 카메라는 하늘까지 치솟아 타자의 검은색을 묽게 바꾼다. 김정란은 여성에게 부과된 유령적 존재 조건을 스스로 전유하여 오히려 역설적으로 타자(들)에게서 스스로 존재하는 자의 영성을 발견하고자 하거나, 발견해낸 후에 발화하고자 한다. 물론 이 상황극, 무언극 극장에서 공연되는 나와 타자들, 혹은 나와 나인 타자들의 움직임

12. 김정란, 『그 여자, 입구에서 가만히 뒤돌아보네』, 세계사, 1997.

은 타자를 받아들이고 사랑하는, 사랑하려는 시인의 욕망을 담고 있다. 이 욕망 때문에 시인의 팔이 찍찍 늘어나고, 시인의 발은 공중에 떠서 부유한다. 몸이 스스로 확장하는 것이다. 김정란은 여성에게 부과된 피동성을 자발적 의지로 점유하여 그 피동성이 역설적으로 품고 있는 개방의 공간을 한없이 확장하고, 그 팽창된 우주의 몸 안에서 경계없이 흘러 넘치는 나와 타자들의 영혼을 경험한다. "여자가 발끝 닿는 끄……읕……까지/몸을 뻗친다, 그렇다, 몸을"(「이미지들—반투명한 생철의 여자」).

김정란은 동일자로부터 멀리 떨어져 있다는 것, 그 사실에서 오히려 쾌락을 발견한다. 그 쾌락이 시적 주체를 더욱 확장한다. 이 세상에 여성, 너희들이 존재하지 않(는다고 생각하)기에 사랑할 만하다고, 혹은 편안하다고 느끼는 남성적 꿈에게, 그의 육체는 눈감으라고 말하는 것 같다. 시인이 존재하지 않는 곳에서 그를 보기를 원하는, 바늘처럼 뾰족한 시선에게도 눈감으라고 말하는 것 같다. 그는 비응시의 응시를 뒤집어 자신의 가없는 부재의 육체, 그러나 실존하는 육체의 존재성을 붕새처럼 현현한다. 그의 육체는 무한하다. 그러나 그 육체는 육체의 외부만을 점유한 사람에게겐 보이지 않는다. 그 무한한 육체가 말하는 소리는 흘러넘친다. 투명하다. 조잘거린다. 절대로 객관화되거나 보편성을 획득하려고 하지 않는다. 남성의 외부를 전유하려고 하지도 않는다.

무엇이든지 있는 없음에 대해서
지독히 시끄러운, 쿠당당대는 정적에 대해서
그것에 대해서 말하고 싶어서

언제나 입을 쫑긋거리는 어떤
쭈그렁바가지 할망구에 대해서

나는 아주 뾰족한 오백 살 먹은 마녀이다
그녀는 자기를 뜯어먹으며 다시 태어난다

나는 문턱 앞에서 망설이지 않는다

그녀는 문을 열었다 닫았다 하면서 말한다:
나는 꽃이야, 나는 똥이야 운운……

나는 그녀의 말없음표에 편승한다

(물론, 그 사이에 살살 살면서)

나는 그녀의 혓바닥을 물어뜯고
그리고 잡아늘인다 세월아 네월아

그것은 달기도 하고 쓰기도 하다
—김정란, 「오백 살 먹은 마녀와 나」 전문[13]

이 시는 역설의 시다. "무엇이든지 있는 없음" "시끄러운, 쿠당당대는 정적" "입을 쫑긋거리는 쭈그렁바가지 할망구" "뾰족한 오백 살 먹은 마녀" "나는 꽃이야, 나는 똥이야" "달기도 하고 쓰기도 하다" 들의 시구 속에 들어 있는 옥시모론은 시적 화자의 존재조건을 간단없이 뒤집어놓는다. 옥시모론과 함께 "쿠당당대는" 놀이가 거대한 비극의 도가니를 희극의 세계, 동심의 세계로 변화시킨다. 이것이 그와 타자의 오랜 드라마트루기다. 시간이 뒤집어지고, 감각이 뒤집어지고, 소리가 뒤집어지고, 판단이 뒤집어지고, 존재와 부재가 뒤집어진다. 이러한 뒤집기가 밖으로 냄새나는 내장을 끄집어내

13. 김정란, 『그 여자, 입구에서 가만히 뒤돌아보네』.

는 것만큼 지난하리라는 것을 우리는 다만 짐작할 뿐이다. 이 "존재의 내장(內臟)" 뒤집기를 통해 그는 그의 존재 조건을 뒤집는다. '나'를 마녀라고 부르는 타자들의 혓바닥을 물어뜯고, 잡아늘이지 않고, 나는 '나'의 혓바닥을 물어뜯고 잡아늘인다. 이것은 마치 "냄새나는 내 육체를 꼭 껴안고 내가 죽으리라 죽으리라고/죽어서 너를 살리리라고 천번씩 만번씩 되뇌이"(「여자의 말—존재의 내장 속으로」)는 행위와 다르지 않다. 「오백 살 먹은 마녀와 나」라는 이 시는 자신의 몸을 잡아늘여서 타자와 함께 거주하는 공간을 확장하는 지난한 고통을 보여주는 시다. 타자를 뒤집지 않고, 자신의 몸을 뒤집어, 유령적 해체를 감행하는, 그래서 결국 타자와 함께 거주하는 늘어나기의 방식이 김정란 식의 탈영토화 방법이다.

김정란의 여성적인 것은 멀리에서 오지만, 역설적으로 그것은 자신의 몸에서 나온다. 영원의 외부에서 오지만 자신의 내면에서 온다. 마녀가 사는 오백 년 전에서 오지만 자신의 어린 시절의 뾰족한 입에서 온다. 시인의 몸을 지워버리고 그 위에 벽을 쌓고, 그 벽을 자꾸 쌓아 성벽을 지은 사람들에게서 오지만 그들을 지워버린 시인의 몸에서 발현한다.

너는 없는 언어로 거기 있다
거기 아득히 단정한 망설임
내가 다만 바라봄으로 이 떨어져 있음을
거리를 지워버릴 수 있을까

내 가슴에 미세한 바늘처럼 내리꽂히네
무수한, 도처의, 오지 않는, 올 수 없는 너를
향해 가만가만 흔들리며 열리는 균열들

너, 엷은, 다만 기억일 뿐인, 너,
그림자, 수천 개의, 예쁜 유령들,
스침, 사락거리는 옷자락,
—거기에 여전히 있는

내가 내 시선의 어디쯤에선가
방울방울 응결하기 시작하는 얼음들을
느끼네, 그러곤 너, 거기에 있는,
나의 낯선 자아, 너와의 거리 위에

희디흰 눈발, 침묵의 천사들

조용히 조용히 내려앉네

—김정란, 「설국(雪國)—그대 없는 언어」 전문[14]

이 시는 김정란의 여성언어, 시어를 말하는 일종의 메타시라고 불러도 되겠다. 왜냐하면 이 시에서 김정란은 여성의 몸의 언어가 다성악의 언어임을 은연중에 밝히고 있기 때문이다. 시의 처음에서 화자는 '너'에겐 언어가 없다,라고 말한다. 그러나 이 "엷고, 기억일 뿐이고, 예쁜 유령들"인 너는 시의 후반에서 "그러곤 너, 거기에 있는, 나의 낯선 자아"라는 구절에서 무수히 반복하는 쉼표들로 연결되면서, 너는 나의 낯선 자아와 동격이 된다. 이럴 때, 어찌하여 너는 나와 구별할 수 없는 것이 되는가. 그것은 이 시 속에서 쏟아져 나오던 쉼표들, 무수한 숨의 휴지 기호들처럼 눈[雪]발이 "어떤, 닫혀 있는 시니피앙들처럼"(「도시—비 내린 뒤, 약간의 뒤들림, 사이」) 쏟아져 "수천 개의, 예쁜 유령들" 혹은 "침묵의 천사들"이 너와 나 사이의 간격을 지우기 때문이다. 이때 김정란의 언어는 김정란 식의 육체의 담론을 자욱한 눈발처럼 쏟아내는 것이다. 그러나 이 눈발 같은, 젖물 같은 하얀 언어, 혹은 하얗게

14. 김정란, 『그 여자, 입구에서 가만히 뒤돌아보네』.

차는 숨도 그저 오지 않는다. "한 모퉁이 돌아서자/흰 눈이 펑펑 내렸다//흰 눈 사이로 손이 하나 나타났다.//손이 내 머리채를 낚아채가더니/내 몸뚱이를//앞으로 뒤로/오른쪽으로 왼쪽으로//위로 아래로/밖으로 안으로/넓이로 깊이로/과거로 미래로 쭉쭉 찢어발겼다"(「다른 모퉁이」)에서처럼 시적 화자의 사지를 찢으며, 혹은 찢긴 사지로 온다. 그러기에 다성적인 언어는 육체의 담론이며, 육체 밖으로 흘러넘치는 유로의 언어, 테레사의 뜨겁게 숨어 있는 상처와 기쁨의 언어이다. 이러한 여성의 언어는 남성적인 시와는 다른 공간과 시간을 점유함으로써 이 지상에 또 하나의 시의 시공을 연다. 이 시공 속은 설국처럼 흰 눈이 뒤덮여 너와 나의 차이, 간격, 차별, 직선 들이 없다. 김정란 시의 나와 너의 관계는 타자에 대한 욕망a desire for another이 아니라 타자 속에 이미 들어 있는 욕망a desire in another이다. 이 관계는 차이를 기반으로 하는 현실 세계에서는 없다. 그의 시의 시적 화자와 타자는 무한한 범주 속에서 구별 없이 존재한다. 마치 제 속에서 꺼낸 타자처럼. 이런 타자와의 사랑을 하는 사람을 차이와 질서의 세계에서는 '오백 살 먹은 마녀'라고 부르리라.

혼수의 화자

최승자의 시는 1980년대의 변방에서 여성시가 전혀 이해되지 않았던 상황을 견뎌낸 시다. 그의 시는 아버지의 법에 아버지의 칼로 맞서던 엄혹함 사이를 비집고, 상징계의 언어가 무화되는 지점까지 자신의 언어를 끌고 가 패대기쳤었다. 최승자는 내지르기 창법(唱法)으로 일상언어에 들어찬 시선의 폭력을 그들에게 되돌려 보냈다. 그러기에 그가 채택한 시 속의 유령 화자들은 도피와 은신의 화자가 아니라 아버지의 법에 맞서기 위한, 위반하기 위한, 그들의 폭력과 검열을 부메랑처럼 돌려보내기 위한 하나의 전복적 목소리였다. 돌이켜 생각해보면 최승자의 유령들이 사는 세상은 아버지의 말 사이를 비집고 들어가 그 틈새의 결핍을 극대화시켜 우리에게 상연하는 스크린이었다. 그 스크린 속을 가로지르며 최승자의 목소리는 아이들과 엄마들이 끌어안고 벌벌 떠는 분노의 둥우리를 상정했다. 이 둥우리, 실재계가 상징계의 벽을 넘는 순간, 유령 화자는 비명의 끝 간 자리에서 죽음의 충동에 사로잡혀 자신의 발화를 시작한 안티고네처럼 울부짖었다. '모두 죽여버릴 거야'라고. 검은 피를 우주 가득 차게 쏟아내었다. 어쩌면 그 목소리는 원초의 어머니로 돌아가려고 하는 욕망 속에서 터져 나오는 광기의 비명이었다.

부슬부슬 녹이 슬고
허옇게 푸르둥둥하게
피어오르다 피어 박히고
사람들—나의 아들의 아들들,
어린 개죽음들.

무너지고 무너지고
무너지면서 달려붙고 엉겨붙는 혼수(昏睡)
눌러붙어 독버섯처럼 재빨리
지상을 덮어가는 습한 혼수(昏睡)

이제 멀리서 시월의 개들이 짖기 시작하고
십일월의 안개가 차오른다

이제 곧 그가 다리를 절룩이며
예언 속의 길을 찾아오고
붉은 달 아래 소리 없이 땀 흘리며
나를 거듭 낳을 것이다.

이 세계를

거대한 암흑덩어리를.

그리하여 내 태초의 남편아 받아라,

이 세계.

이 거대한 핏덩어리를.

이것은 시초에 네가 꾸었던 꿈.

그러나 내가 완성한 꿈이다.

— 최승자, 「혼수(昏睡)」 전문[15]

강은교가 시의 공간으로 삼은 불면과 최승자 시의 공간, 혼수(昏睡)는 매우 유사하다. 낮과 밤 사이 시적 화자가 홀로 깨어 있는 이 표백과 박멸의 시간 속에서 두 여성시인의 극적 무대가 펼쳐진다. 「혼수」에는 최승자의 가족이 상연하는 유령극장이 고스란히 떠올라 있다. 최승자의 시에서 아들들은 "이 세계"이며, 최승자의 남편은 그의 아들들과 심지어 '나'를, 이 세계를 창조한 자이다.

시에서 그의 아들들은 부슬부슬 녹이 슬고, 허옇게 푸르둥

15. 최승자, 『즐거운 일기』, 문학과지성사, 1990.

둥하게 피어오르다 박히고, 어리디어린 채 죽어 있다. 태초의 남편, 혹은 아버지라 이름 붙여진 대타자는 여성화자에게 초월을 낳으라 했겠지만, 여성의 몸은 오물을 낳는다. 엑토플라즘이 엑토플라즘을 낳는다. 이 시에선 거대한 암흑덩어리며 핏덩어리인 오물이 녹슬어 온 지상을 혼수상태에 빠지게 한다. 그러나 화자는 대타자의 아내이므로 세상이 혼수상태에 빠질지언정 잉태하는 일을 멈출 수 없다. 왜냐하면 화자의 몸은 세상을 낳는 일을 계속해야 하는 몸이며, 세상은 그의 몸을 통해 다시 재생되어야 하기 때문이다. 이러한 잉태의 순환, 악순환은 「혼수」 이외의 시에서도 많이 등장한다. 「겨울에 바다에 갔었다」에선 열려진 자궁으로부터 병약하고 창백한 아이들이 쏟아져 나오고, 매독을 퍼뜨리고 사생아를 낳다가 불발의 혁명을 계속하는 상황이 연출되고 있다. 강은교의 바다가 처녀("아아, 아직 처녀인 부끄러운 바다에 닿는다면", 「우리가 물이 되어」)라면, 최승자의 바다는 썩어가는 어머니이다. 잉태의 악순환(어쩌면 시 쓰는 일)은 내출혈의 고통을 동반한다.

최승자의 시에서 남편은 거대한 손, 죽음, 남자, 니힐리스트, 미래로 불린다. 그는 초월적이고, 보편적인 존재이며, 나르시스트, 동일자이다. 그는 태초로부터 지금까지 영구불변이다. 그는 한 번도 여성화자에게 귀엽고 사랑스런 아기를 선사

해준 적이 없지만 시인을 원초의 어머니로 호명할 수 있도록 아기를 잉태하게 한 자이기도 하다. 그는 여성화자에게 사산된 아기, 녹슨 세상, 사막, 아긴 없고 양수만 질편히 흐르는 태중을 선사했다. 시적 화자는 시 속의 이 견고한 동일자를 향하여 온몸을 녹이고, 풀어 투척한다. 그러기에 최승자 시의 문체는 표독스러운 문체, 서러운 울먹임, 청승맞은 손놀림, 자해의 제스처, 달래고 어르다가 갑자기 꾸짖는 어조를 구사할 수밖에 없게 된다. 이토록 견고한 동일자인 남편에게 말을 건네는 언어가 병적 징후의 언어일 수밖에 없지 않겠는가? 이러한 불행의 극단 속에서도 화자는 남편을 기다린다. 남편을 만나, 잘라 무찌를 수 없을 땐 자신의 팔다리라도 분지르면서. 모든 사람이 다 흘러가도 절대로 흘러가지 않고 결정적으로 남편의 응답을 기다리면서 말이다.

화자의 아이들은 죽어가고 있고, 남편은 소멸 기계를 천천히 가동시키며 다가오고 있다. 반대로 화자가 떠나고 없는 집에 남편이 기둥서방처럼 버티고 앉아 기다리기도 한다. 화자는 남편에게 자신이 낳은 암흑덩어리, 이 세계를 패대기친다. 그리고 말한다. 이 세계는 남편의 꿈으로 창조되었겠지만, 이 세계 전역으로 자식들, 거대한 핏덩어리들, 여성이며 어머니인 화자가 품었다가 다시 낳은 이 세계를 펼치는 것은 바로 자신임을. 그러나 이 자본주의의 교환의 삼각형 속에서 "곳곳에서 넘치는 자본 동물들/우리가 잘 아는 인간들이 자본과(科) 파충류로 변해가는 것을/오 내 팔뚝에 뱀의 살 무늬가 새겨지는 것을 지켜보는 이 슬픔. 새들도 자본 자본 하며 울 날이 오리라"(「자본족」)에서처럼 자본족의 어머니는 자신의 자식들이 파충류로 변해가는 것을 목도해야 한다. 종당엔 자신의 몸마저도. 최승자의 시에서 빈번히 등장하는, 그로테스크하고 더러운 몸은 동일자의 법에 저항하고, 그 법을 파괴하려는 의지보다는 그 동일자의 앞에 선 자신의 몸을 부패시키고 더럽혀 그 동일자의 법의 견고함을, 그와 자신이 꾸민 가족극이 잔혹극임을 증명하려고 한다.

> 넘치는 현존의 거리,
> 그만큼 또한 넘치는 부재적 실존들이여.
> 그 모든 부재들 중의 부재로서
> 나 피어났네.
> 검은 독버섯처럼.
>
> 뛰기 싫어 내 인생은 지각했고
> 걷기 싫어 내 인생은 불참했지.

오 그 모든 빛나는—

내가 불참했던,

오 그 모든 빛나는—

내가 부재했던.

그 자리들이여.

이제 내가 내 부재의 그림자로서

전 세계 위에 뻗어 누우려 하네.

— 최승자, 「미망(未忘) 혹은 비망(備忘) 4」 전문[17]

그대 영혼의 살림집에

아직 불기가 남아 있는지

그대의 아궁이와 굴뚝에

아직 연기가 피어오르고 있는지

잡탕 찌개백반이며 꿀꿀이죽인

나의 사랑 한 사발을 들고서,

그대 아직 연명하고 계신지

17. 최승자, 『내 무덤, 푸르고』, 문학과지성사, 1993.

그대 문간을 조심히 두드려봅니다.

—최승자, 「그대 영혼의 살림집에」 전문[18]

「미망 혹은 비망 4」는 선명하게 '현존'과 부재를 대립시켜, 시적 화자 자신이 능동적(불참)이든 수동적(부재)이든 간에 존재하지 않았던 이 세계를 상연해 보인다. 그러나 화자는 '내 부재의 그림자로서 전 세계 위에 뻗어 누우려 하네'라고 하면서 자신의 불참, 부재의 존재감을 전 세계로 확장하겠다는 의지를 표명한다.

이 시에서처럼 전 세계로 뻗는 그림자는 「혼수」에서의 어머니로서의 태도와 다르지 않다. 최승자가 제시하는 여성화자, 그중에서도 비가시적인 세계를 무대화한 시들에서의 여성화자는 거대한 품과 욕망을 가진 대모신이다. 그러나 그 대모신은 대타자와의 대결 속에서 무너져 검은 핏덩어리를 전 세계로 뻗치는, 자궁 밖으로 검은 그림자를 한없이 쏟아내는 밤과 암흑의 여신이다.

이 기괴한 여신, 시 속의 유령 화자는 대타자, 남편으로 그려진 남성적 동일자의 세계로 여성화자가 진입할 때 등장한

18. 최승자, 『내 무덤, 푸르고』.

다. 이 대타자와 접신할 때 시가 발설된다. '항상 있음'인 '그'와 '항상 없음'인 시적 화자가 접촉하여, 애무할 때 시가 터져 나온다. 그것은 이 유령 화자가 대타자 마저도 자신의 사랑, "잡탕 찌개백반이며 꿀꿀이죽"으로 연명할 수밖에 없음을, 자신의 믿음, 소망, 사랑 없이는 존재할 수 없는 존재자임을 알고 있기 때문이다. 자신의 사랑 없이는 "그대 영혼의 살림집"에서 아궁이에 연기가 피어오를 수 없음도 알고 있기 때문이다. 그러기에 이 사랑과 분노의 경계를 넘나드는 화자의 모습이 기괴할 수밖에 없다. 한켠에선 사랑의 먹이가 되어주고, 한켠에선 아이를 사산하게 하는 남편에게 죽은 아이를 낳아 던지는 이 비루하고도 비참한 관계 속에서 터져 나오는 것이 분노의 비명 아니고 무엇이겠는가. 검은 핏덩어리가 아니고 무엇이겠는가. 그러나 동일자, 남편을 버릴 수는 없다. 시적 화자가 원초적 어머니의 위치를 버릴 수 없으므로. 이 관계 속에서 벌어지는 전투와 기다림을 포기할 생각이 없으므로. 최승자는 "여자들은 저마다의 몸속에 하나씩의 무덤을 갖고 있다…… 영원히 눈먼 항구/알타미라 동굴처럼 거대한 사원의 폐허처럼/굳어진 바다처럼…… 모든 것들이 태어나고 또 죽기 위해선/그 폐허의 사원과 굳어진 죽은 바다를 거쳐야만 한다"(「여성에 관하여」)라고 하면서, '동굴, 폐허, 사원, 감옥, 무덤, 바다'를 여성 스스로 거쳐야만, 건너야만, 껴안아야만 한다고 한다. 그래야만 태어나고, 죽는, 다시 태어나는 순환을 거듭할 수 있다고 한다.

마지막으로

여성시는 자신의 말을 상연할 무대를 필요로 한다. 앞에서 살펴본 바에 의하면 강은교는 일인극, 고정희는 극중극, 김승희는 서사극, 김정란은 상황극 혹은 일인극, 최승자는 가족 유령극의 무대를 설정한다. 그 무대에서 여성화자들은 죽음을 여행한다, 유령 화자가 되어, 혹은 유령 화자와 그를 바라보는 관찰자인 다중화자로 분열되어.

여성적 언어가 발화되는 모습은 무당의 말하기와 같은 '대신 말하기'로써 실현된다. 대신 말하기를 시도하면, 청자가 시에 개입하는 대화적 구조가 시 속에서 발생한다. 그러기에 여성시의 언어는 구술의 언어다. 강은교는 무당이 신의 목소리로 청유할 때의 시점을[巫(神)—聽者], 고정희는 무당이 굿 중에 신이 올라 스스로 외치거나 아니면 신의 목소리를 직접 내는 이중 시점을[神(巫)—聽者 혹은 巫(神)—聽者], 김승희는 무당이 자신에게 들어온 신을 해설해주는 시점을[巫—聽者] 김정란은 무당이 유령의 목소리를 직접 내는 시점이거나 신이 들어온 경험을 서술하는 시점을[巫(神)—聽者], 최승자는 무당 스스로 자신의 신들린 경험을 들려주는 시점[巫—聽者]을 구사한다. 이러한 시점들 속에서 여성시가 유령 화자를 선택하는 것은 자신들의 욕망을 비가시적이나 경계를 넘나드는 무대에서 발현할 기회를 가질 수 있게 하기 위함이며, 굿의 말하기인 대신 말하기를 통해 이중삼중으로 중첩된 복수 화자의 목소리를 낼 수 있어 서정시의 공간, 형식을 확대할 수 있기 때문이다.

여성시인들은 유령 화자로서 욕망의 무대를 자신에게 개설한다. 그렇다고 해서 여성화자가 욕망의 무대에서 고정된 배역을 소화하는 것은 아니다. 유령은 부유하면서 이 세계에선 유령의 탈을 쓴 채 타자의 살을 넘나들고, 저편 세계에선 욕망의 살을 입고 끊임없이 자신의 살을 재탄생시키면서 시적 주체를 이동시킨다. 그러기에 유령 화자는 주체 위치를 끊임없이 유동하게 하는 화자의 위치 선점을 위해 유용한 화자이다. 더구나 가부장적 사회의 법에 갇힌 자신의 몸을 확장하고, 그 확장한 몸으로 전 지구를 발에 감고 유목적 이행을 감행하면서 전 세계를 품에 넣었다가 다시 낳는, 자신의 몸으로 전 세계를 덮어버리는, 그러면서 타자와 함께 자신을 재구축하는 목소리로서 아주 유용한 화자이다. 그 자리에 서면 여성화자는 하나가 아니다. 화자는 여럿이다. 복수의 화자는 타자의 목소리와 구별 없이 함께 발성할 수 있다. 유령 화자는 기존의 시 문법을 해체하여 새로운 서정시의 문법을 구축한다. 서정시의 화자가 언술 행위의 주체가 아니라는 고정된 문법을 해체하여 서정시의 언어를 이행의 언어로 변모시킨다. 이 유령적 해체의 언어는 자신의 몸, 살을 담보로 존재 속에서 살을 벗고, 부재 속에서 살을 입는 행위 속에서 비롯되어져 나온다. 유령적 해체의 문법은 기존의 언어로는 설명할 수 없는 다성적 목소리, 복수 화자의 목소리, 화자들을 품었다가 다시 내뱉는 기괴한 모성의 목소리로 구현된다. 이 목소리들이 여성시는 고백시일 수밖에 없다는 항간의 불문율을 해체한다.

유령적 해체의 목소리는 태양에 대한 달, 낮에 대한 밤, 머리에 대한 가슴, 동물에 대한 식물, 볼록에 대한 오목, 문화에 대한 자연, 능동에 대한 피동 같은 여성의 몸에 내려진 천형인 죽음의 언어 체계를 자발적으로 전유함으로써 발생된다. 죽음의 기계를 스스로, 온몸으로 작동시키면, 그 자리에서 피 묻은 옥시모론의 언어들이 흩어져 내린다. 그 언어는 자신들의 몸을 해체함으로써 얻어진 피의, 물의, 젖의, 그물의, 백설(白雪) 난분분의 언어다. 이 언어가 여성 화자로서의 장소를 확장한다. 장자의 붕새만큼 커다랗게. 그러기에 유령적 해체의 목소리는 타자들과 함께 거주할 공간을 끊임없이 탄생시키는 생성의 언어이며, 그 타자들과 경계 없이 접촉하는 언어다.

뒤늦게 달려온 어머니가
내 시신에 염하시며 우신다
내 시신에 수의를 입히시며 우신다
저 칼날 같은 세상을 걸어오면서
몸이 상하지 않았구나, 다행이구나
내 두 눈을 감기신다

— 고정희, 「독신자」 부분[19]

19. 고정희, 『모든 사라지는 것들은 뒤에 여백을 남긴다』, 창비, 1992.

— 이피 - 가만히 있으라 해놓고 다 잘라 갔잖아 —

복수의 몸

여성작가인 오정희의 소설은 다른 작가들의 소설과 무엇이 다른가? 나는 오정희의 소설이 여주인공을 창조해가는 과정 속에서 텍스트를 통하여 끊임없이 소설가 자신을 해체해가고 있는 것이라고 생각한다. 오정희는 자기 자신 속에 들어 있는 인격의 한 부분을 이끌어내어 여성 인물을 창조하고, 다시 그 인물을 타자화하여 그로부터 무엇인가를 배우며, 자신과 주인공의 관계를 상호 치료적(물론 반대로 병적인 관계로 치환하기도 한다)인 관계로 변화시켜 나아간다. 이러한 방식은 오정희와 그의 독자들과의 관계 속에서도 동일하게 기능하리라 생각된다. 오정희는 자신의 인격과 창조된 인물의 인격 사이에서 자신의 징후와 성장을 이끌어낸다. 이 징후와 성장은 대부분 여성으로서의 통과의례 지점에서 극적으로 이루어진다. 오정희는 자신의 작중인물과 함께 여성성을 발견, 성장(변화)해가는 소설가다.

오정희는 대부분의 소설에서 에피소드의 반복, 변주와 장면의 겹침을 통하여 기억을 반추하며, 소설가 자신의 여성성(본질적으로 내재된 특징이 아니라 서사의 탐색 과정 속에서 드러나는 탈중심적이고 분열적이며 주변적인 특징)을 드러낸다. 이 '드러냄'이라는 소설적 의지가 한편의 소설에서 화자를 유년의 여자아이, 사춘기 소녀, 젊은 아내, 중년의 여성으로 겹

치게 하기도 한다. 이러한 발견 속에서 「옛우물」에는 오정희가 소설을 쓸 때의 물리적인 나이가 같은 화자, 오정희 소설에서 가장 나이가 많은 화자가 새로이 등장한다.

「옛우물」(1994)은, 1968년 오정희가 21세의 나이로 『중앙일보』 신춘문예에 「완구점 여인」으로 등단한 이래 그동안 발표된 소설들과는 많은 공통점과 아울러 변별점을 지닌다. 오정희는 「옛우물」을 통하여 자신의 이전 소설들에 들어 있었던 많은 부분의 욕망기제를 닫았으며, 대신 새로운 의지를 열어 보이고 있다. 나는 「옛우물」을 축으로 하여 그의 이전 소설 세계를 들여다보고, 또한 아직 씌어지지 않은 그의 소설 세계를 내다보려 한다.

오정희는 등단한 이래 우리나라 소설가들, 특히 여성소설가들에게 직·간접적으로 큰 영향을 끼친 작가이다. 특히 그의 소설의 문체, 소위 시적 문체라고 불리는 탁월한 묘사는 후배 여성소설가들에게 교과서적으로 읽혔다. 그러나 아무리 그의 묘사 방법이 전수되어 널리 퍼졌다 해도 그의 묘사가 이룩해내는 비유의 육체성, 소설의 내용을 앞질러 어떤 미지의 세계를 짐작케 하는 예언적인 표현의 배치, 시적 애매성의 증폭은 아직 그에게만 고유한 영역으로 머물러 있다는 생각이다. 또한 그의 우리나라의 역사적인 대변혁기의 뒤안길을 걸어가는 여인들과 아이들을 둘러싼 주변부에 대한 묘사가 이룩해내는 암시의 파장, 아울러 그 묘사에 대한 촌철살인의 해석적 진술은 모방·전수될 수 없는 그만의 고유한 영역이라 여겨진다. 문체란 그 소설가의 담론의 논리와 언표 행위, 구조들 사이의 연결, 구문과 전언 사이의 숨어 있는 일치가 아닌가. 그러므로 흉내 낸다고 해서 구문의 짜임 속에 숨겨진 담론의 논리까지 가져갈 수는 없지 않겠는가. 더구나 오정희는 입체적 조형물의 완벽한 설계자이다. 그는 자동기술법을 쓰는 사람처럼 현실과 기억의 세계를 한 소설작품 안에서 자유자재로 넘나든다. 그것들은 작가로서의 면밀한 설계에 의해 배치되고 축조되며, 등장인물의 무의식적 기억 조작(상상력의 발현)에 의해 소설의 의미를 함축하고, 확대한다.

오정희의 소설들은 지극히 개인적인 경험들을 사용하여 격렬한 자기 변형의 과정을 축적하는 것 같으면서도 여성으로서의 입문적 변화를 수반하는 구체적인 형태 서술을 이끌어낸다. 아울러 그 구체적 경험 형태를 진단하고, 그 경험의 비의를 이끌어내는 소설가로서는 드문 묘사, 비언어적 여성언어를 구축한다. 이러한 묘사와 구축은 그의 내면 공간으로의 여행 속에서 일어나기 때문에 그가 서사를 쓰는 것이 아니라 그로테스크한 시를 쓰고 있는 것이 아닌가 하는 의구심을 불러일으키게도 한다. 더구나 지금까지의 그의 소설들은 한 편의 소설처럼 여성의 탄생으로부터 시작하여 죽음의 심연을 들여다보는, 여성적 상징체계(소녀, 여인, 노인 등등)의 기표들을 문제시한다. 그의 소설의 묘사는 여성으로서의 징후(도벽, 동성애, 가출, 불륜, 매음, 정신이상, 살해 강박)와 의례를 경험하는 내면의 무정형적인 풍경화이며 동시에 그의 생애 전체의 서사의 리얼한 편린들이다.

여성의 탄생

「옛우물」에서 주인공 '나'는 마흔다섯 살의 생일 아침에 고백을 시작한다. 아마, 초봄의 어느 날인 것 같다. '나'는 중년 여성으로서, 서른세 살 자신의 어머니가 자신을 낳았을 때를 잠시 생각하다가, 그것은 아마 "농경민의 마지막 후예인" 어머니가 아기를 낳는 것은 "밤송이가 벌어져 저절로 알밤이 툭, 떨어지는 것, 봉숭아 여문 씨들이 바람에 화르륵 흐트러지는 것처럼 자연스럽고 범상한 일"이었을 것이라고 아주 냉정하게 생각해본다. 이 냉정한 시선과 판단은 「옛우물」이 이전 소설과 거리를 갖는 하나의 요소인데, 서술자는 이 소설에서 자신의 경험적 사실이나 타인의 태도를 제3자의 눈으로 다시 돌려 바라보는 태도를 자주 취한다. 이를테면, '내'가 젖을 물어뜯으며 떨어지지 않으려 우는 아이를 떼놓고, 그렇게 간절히 기다리던 '그'와 절을 구경하고 배를 기다리는 장면에서도 외간남자와 함께 있는 자신의 어색함의 현장을 밥집 여자의 눈으로 냉정하게 바라보는 것을 잊지 않는다.

'나'는 '나'의 탄생의 날을 유추해본다. 여덟 살이 되었을 때, 어머니가 막냇동생을 낳던 날을 통해서다. 자신이 태어나던 날을 그는 할머니의 동선을 따라가며 기술한다. 할머니는 "바가지, 무쇠솥, 아궁이, 장독대, 옛날 우물, 독, 물초롱, 두레박, 흰 사발, 조왕각시 사발, 정화수 흰 대접"과 같은 여성적 상징물 사이를 움직여 다니면서 깨끗한 물을 담고, 끓이고, 바치고, 빌고 하면서 탄생의 공간을 여성노동의 상징적 공간으로 축조해간다. 이 공간 안에 아버지는 보이지 않는다. 아버지는 '아이를 만드는 것'에나 필요하지 그 이상은 아무것도 아니다. 오정희의 소설에서 남성은 작중의 여성과 조화로운 관계를 대부분 유지하지 못한다. 그들은 자주 '밖'으로 떠돌거나, '밖'을 꿈꾼다. 그들은 여성의 삶을 피폐하게 만드는 장본인이거나, 여성의 삶 속에 죽음과 같은 열망과 폐허를 주는 타인들일 뿐이다.

「중국인 거리」(1979)에도 어머니가 아이를 낳는 장면이 나오지만, 이 소설에서 화자는 '내'가 아닌 '초조(初潮)'의 날을 맞게 되는 사춘기 소녀의 직접 화법으로 그려지기 때문에 어머니의 출산 장면은 매우 비극적인 불길한 색채를 띤다. 이 소설에서의 '나'는 "이해할 수 없는 절망감과 막막함으로 어머니를" 부른다. 나는 어머니가 아기를 낳으면 죽게 되리라는 비극적 예감에 시달린다. 그러나 「옛우물」에서 45세의 '내'가 회상하는 어머니의 출산은 매우 따사롭다. 여인들이 생명을 이어가는 행위들이 제의적 색채를 띠고 있다. 할머니, 어머니, 언니가 동참하는 '물 나르기'의 행위는 생명을 이어가는 이행의 행위들로 주술적 색채마저 띤다.

젊은 처녀들로부터 둥글고 기름진 몸매의 중년 여자, 만삭의 임부, 다산의 주름이 겹겹이 늘어진 노파 들이 열심히 때를 밀고 비누질을 하고 마사지를 한다. 남편이 지난해 가을 러시아 여행에서 민속인형을 사왔다. 얇은 나무로 만든 것으로 볼이 붉은 처녀의 얼굴이 그려지고 민속 의상의 무늬와 채색을 입힌, 얼핏 오뚝이처럼 단순한 모양이었지만 그 안에는 똑같은 모양의 인형들이 크기의 차례대로 겹겹이 들어 있었다. 그것은 내게 인생의 중첩된 이미지로 받아들여졌다. 앙상한 뼈 위로 남루하고 커다란 덧옷을 걸친 듯 살가죽이 늘어진 한 늙은 여자 속에 얼마나 많은 여자들이 들어 있는 것일까. 보다 덜 늙은 여자, 늙어가는 여자, 젊은 여자, 파과기의 소녀, 이윽고 누군가, 무엇인가가 눈 틔워주기를 기다리는 씨앗으로, 열매의 비밀로 조그맣게 존재하는 어린 여자아이.

—「옛우물」

「옛우물」에서 탄생한 여자아이는 '씨앗'이고 '비밀'이다. 아이를 낳은 몸은 더 이상 "날거나 추락하는 꿈을 꾸지 않는다. 아주 조그맣고 조그마해져서 어디론가 숨어드는 꿈을" 더 이상 꾸지 않는다. 45세의 여자의 몸은 그 몸 안에 마트료시카처럼 소녀, 처녀, 젊음, 늙음과 함께 탄생인 씨앗과 죽음의 사라짐을 간직한다. 해산하는 여성의 몸을 열면, 그 안에 그보다 젊은 여성들이 하나 가득 들어 있고, 또한 그 안에 소멸의 징후를 품은 늙은 주름이 가득 들어 있을 것이다. 그러므로 여성의 몸은 그 자체로서 온전한 존재이다. 전체이다. 그 안에서 미래와 함께 과거를 생성한다.

이러한 몸의 언술이 오정희의 새 문체 전략이다. 그는 자유연상을 통하여 늙은 몸의 언술에서 젊은 몸의 언술로, 아이의 언술에서 할머니의 언술로, 씨앗의 언술에서 유전자를 통해 세세토록 전해지는 신화적인 언술로 자유자재 넘나든다.

「옛우물」의 화자는 씨앗으로부터 주검까지의 시간을 파열하며, 씨앗과 주검을 동시적으로, 이와 함께 대상과 세상을 분열적으로 바라본다. 이런 시선의 유지도 「옛우물」과 이전의 소설의 다른 점이다. 만일 이러한 소설적 발화(분열)가 일어나지 않는다면, 여성이 여성을 향해 애정을 표현하게 되는 동성애가 나타나게 되기도 하는 것이다. 「완구점 여인」의 화자나 「새벽별」(1984)의 정애처럼 애정이 자신의 어떤 부분을 향해 가거나, 다른 여성을 향해 사랑이 옮겨 앉게 되는 것이다. 또, 자신 속에 들어 있는 여성들의 모습을 스스로 싸안지 못하고, 인형을 만드는 것처럼 사물화해버리면 「순례자의 노래」(1983)의 혜자처럼 치한을 살해하고, 대식증에 걸려 정신병원에 감금되고 마는 것이리라.

오정희가 구축한 복합적인 몸의 세계와 마찬가지로 소설은 이중 구속을 향하여 진행된다. 그 하나는 과거를 향해 가는 시간이며, 그 또 하나는 삶의 시간과 함께 진행되면서 미래의 시간을 껴안는 시간이다. 과거를 향해가는 시간은 유년의 기억과 불안한 미래를 바라보던 가난한 여자아이의 시선을 포함한다.

전장의 사춘기

> 아이 엄마가 비누 거품으로 뒤덮인 아이의 몸에 맑은 물을 끼얹었다. 앗 뜨거, 쌍년. 물이 뜨거웠는지 아이가 공처럼 튀어 오르며 비명을 내질렀다. 아이의 느닷없이 낭랑한 욕설은 방자하고 통쾌했다. 말없이 몸을 씻던 사람들이 쿡 웃으며 돌아보았다. 아이 엄마는 당혹한 표정으로 손을 멈칫하며 주위를 둘러보았다. 반사적으로 얼결에 욕설을 내뱉은 아이는 어쩔 줄 몰라 으앙 울음을 터뜨렸다. 엄마 미안해, 엄마인 줄 모르고 그랬어. 아이의 새된 울음소리가 휑뎅그레 비어 높은 천장에 부딪혀 울렸다.
>
> —「옛우물」

「옛우물」에서의 '나'는 말하는 '나'와 언급된 '나'로 분리된다. 말하는 '나'는 현재진행형의 시간을 사는 나이지만 언급된 '나'는 말하는 '나'로부터 관찰당하고, 말 되어지는 '나'이다. 그래서 「옛우물」의 '나'는 동시에 두 가지 시간을 겪는다. '나'는 말하면서 말해지는 '나'를 본다. 말해지는 '나'의 시간은 "쌍년" 하고 외치는 아이의 통쾌하고 방자한 시간들에 바쳐진다.

「옛우물」에서 '나'는 염장이집 딸인 정옥의 삶을 말하는 것으로, 그 시기의 '나'를 규정하고 언급한다. 정옥은 계모의 아기를 전봇대에 매어놓고 술래잡기, 줄넘기를 했다. 어느 날인가는 숨바꼭질을 하다가 아기를 전봇대에 달아놓은 것을 잊어버리고, 저물도록 아기가 보따리처럼 매달린 채 잠들어버린 적도 있었다. 또한 정옥은 우물에 빈 두레박도 잘 빠뜨려 빈 초롱을 들고 쫓겨난 적도 있었다. 그러던 정옥이 어느 날 새벽 우물에 빠진 시체로 발견되고 우물은 메워진다. 우물은 어머니가 막내를 낳던 날, 신성한 물이 퍼내진 최초의 장소다. '우물→조왕신→아기를 낳는 방'으로 이어지던 여성 포태의 근원지이며, 마을 사람들의 식수원이다. 우물은 장마가 지난 후 우물을 친 "순옥이 삼촌"이 삼태기에 실려 다시 지상으로 올라왔을 때 "한 오백 살이나 나이 먹은 얼굴"로 변해버린 얼굴처럼 깊디깊은 시간의 상징이다. 그곳은 중년이 되도록 '나'에게 "거울에, 물 위에" 비치는 얼굴을 물끄러미 바라보는 습관을 갖도록 만드는 거울이다. 그곳에 '나'의 친구 정옥이 빠져 죽었다. 아니, 화자가 친구 정옥을 빠뜨려 죽게 한다. 「옛우물」에서 45세의 화자는 자신의 의식이 꾸며낸 타자, 정옥을 빠뜨려 죽이고 스스로 자신의 심상을 비춰보던 '거울'의 문을 닫는다. 그리고 거울 속에 산다고 증조할머니로부터 들었던

"금빛잉어"의 먼 시간으로 시선을 돌린다.

「옛우물」의 정옥의 세계는 「유년의 뜰」(1980) 「중국인 거리」에서의 어린 여자아이 화자의 소설과 맞닿아 있다.

거울 속에서 점차 나팔꽃처럼 보얗게 피어나는 어머니의 얼굴을 바라보았다.

어머니가 시집올 때 해왔다는 등신대(等身大)의 거울은 이 방에서 유일하게 흠 없이 온전하고 훌륭한 물건이었다. 눈에 보이게 또는 보이지 않게 남루해져가는 우리들의 가운데서 거울은, 어머니가 매일 닦는 탓도 있지만, 나날이 새롭게 번쩍이며 한구석에 버티고 있었다. [……]

거울 속에는 언제나 좁은 방 안이 가득 담겨 있었다. [……]

오빠는 참담한 얼굴로 거울을 노려보다가 발길로 걷어찼다. 삽시간에 방은 발 디딜 자리도 없이 자디잔 거울조각으로, 잔인하게 번득이며 튀어오르는 빛으로 가득 찼다.

—「유년의 뜰」

오정희 소설에서 '거울'은 다양하게 변주된다. 거울은 반영하고 상영함으로써, 화자 '나'를 '나'로부터 분리할 수 있게 해준다. 서사의 전개와 거울 작용이라는 이중적 시선을 가능하게 한다. 거울은 만화경, 동경, 유리, 우물(물의 거울)로 변용된다. 거울이 몸을 바꿀 때마다 서사의 전개도 몸을 바꾼다. 거울은 소설의 구조를 결정하는 중요한 사물이며, 동시에 주술이다. 거울 이미지가 소설의 형식을 결정한다.

「유년의 뜰」에서의 '거울'은 아버지 없는 가난한 방을 비춘다. 이 거울이 '유년의 뜰'이라는 남루한 시간을 이끌고 간다. '노랑머리'와 '뚱보'라 불리는 화자의 집에 하나밖에 없는 거울은 피난민 가족의 생계를 수상한 직업으로 이끌고 가는 어머니, 전직 기생으로 허기진 아이들에게 집 잃은 닭을 잡아다 먹이는 아버지의 서모인 할머니, 영어를 독학하면서 미국 갈 꿈을 꾸고, 어머니의 수상한 행동에 반항하며 걸핏하면 언니를 때리는 오빠, 이제 마악 사춘기에 접어들어 밤거리를 방황하는 언니, 도벽과 대식증으로 남루한 시공을 견디는 화자, 누군가의 등에 업혀서 시름 없이 사위어가는 아기 동생으로 구성된 가족의 치욕스러운 삶을 생생히 비추다가 아버지의 대리자인 오빠에 의해 산산조각으로 깨어진다. 이 거울 속의 '나'는 관찰자이면서 동시에 행위자다. '나'는 치욕을 견디는 가족을 낱낱이 관찰하는 거울과 같은 프로이트적인 눈을 가졌지만, 동시에 자신의 모습마저 거울에 비춰 보인다. 이 거울 속에서의 삶은 자아와 타자를 구별하지 않는다. 가족은 아버지를 기다리고, 인생의 어느 한 시기를 공동의 영역 안에서 견딘다. 더구나 화자인 '나'는 어머니를 읍내 식당에 빼앗기고, 음식, 특히 '솜사탕, 사탕' 같은 단 음식들에 끝없이 탐닉한다. '내'가 어머니의 지갑에서 돈을 꺼내고, 동생에게 먹일 고구마를 갉아먹고, 어머니의 저녁 밥그릇에서 손가락으로 밥알을 꺼내 먹는 광경을 거울은 들여다보고 있다. 할머니가 문을 잠그고, 뜨거운 여름날 몰래 남의 닭의 머리를 쳐 털을 뽑고 삶아 아이들에게 먹인 다음, 뼈를 찬장 뒤에 감추는 광경도, 어머니의 얼굴이 날마다 화장으로 나팔꽃처럼 피어오르는 광경도 모두 들여다보고, 되비친다. 거울은 화자의 묘사에 의해 들여다보고, 내다보고, 욕망한다. 그래서 이 거울이 깨어짐과 동시에 이들 가족은 당연히 이웃 동네로 이사를 가게 되고, 소식 없던 아버지가 돌아오는 하나의 의례를 실현하게 되는 것이다.

'거울의 시기'는 화자에게 주관과 객관의 구별이 없던, 금지된 욕망과 관찰자의 시선이 숨어 있던 매력과 증오의 상상계이다. '유년의 방'은 여성인 화자가 통과해내야만 했던 첫번째 시간대를 함축한다. 이 시간대에는 오빠와 아버지의 불확실한 남성성만 존재할 뿐, 어린 화자의 통과의례는 대부분 여성들의 세계 안에서 치러진다.

「유년의 뜰」에서 그곳은 "산등성이 너머에서 대포 소리 들려오는" 곳이다. 전쟁 기간은 남성적인 힘들이 분출되는 기간이지만 오정희의 소설에서 전쟁은 오히려 아버지가 부재한 온전히 여성들만의 공간을 견디는 기간이면서, 가장 본능적인 욕구가 차양막 없이 분출되는 기간이며, 그의 문체가 가장 입체적인 형태를 취하고 분출하는 기간이다. 소설가 오정희는 이 시기를 해석하고자 가련한 것과 강력한 것, 아름다운 것과 추한 것, 정상적인 것과 이상적인 것, 동물적인 것과 죽어가는 것 모두를 동원한다. 그래서 이 시기의 거울 속은 일종의 정신의 백화점처럼 출렁인다. 마치 이 시기의 거울 속은 성 충동이 일기 시작한 사춘기 소녀의 비릿한 성욕이 세상을 덧칠한 것처럼 착란적으로 화려하다. 오정희의 소설의 묘사 방식은 거울의 그것처럼 번쩍거리는 수은이 입혀진 듯 눈부시고, 비릿하고 혼란스럽다.

「중국인 거리」 또한 「유년의 뜰」처럼 또 하나의 의례를 그려 보인다. '뜰'에서 '거리'로, '어린 소녀'에서 '사춘기 소녀'로 시·공은 조금 확대되었지만, 아버지를 따라 아마 인천쯤으로 짐작되는 곳으로 이사를 하게 되었지만, 어머니의 임신과 친구 치옥의 집에 세들어 사는 양갈보 매기 언니의 죽음 같은 사건들, "난 양갈보가 될 거야"라고 말하는 치옥과 양갈보와 함께 사는 친구에 대한 부러움, 친부모가 없는 것까지도 부러워하는 것 등은 여전히 화자가 주객 분리 이전 단계에 머무르고 있음을 암시한다.

「유년의 뜰」의 '나'나 「중국인 거리」의 '치옥', 「옛우물」의 '정옥'은 모두 돌보아야 하는 동생이 있다. '나'의 동생은 병약하여 언제 죽을지 모를 만큼 시들대고, '정옥'의 동생은 계모의 딸이며, '치옥'은 세를 준 양갈보 매기 언니의 딸을 친동생처럼 돌보아주는데 말할 줄도, 화낼 줄도, 울 줄도 모르는 정박아에다 혼혈아이다. 그런 동생들을 돌보아야 하는 어린 소녀들의 상황은 이미 훗날 자신들이 어머니가 되었을 때, 어머니와 자식이 공생관계를 형성할 수 없으리라는 예상을 하게 한다. 이들은 전쟁의 기간 중에 양육과 의존, 감정이입의 능력을 발전시킬 자연스런 여성으로서의 과정을 놓치고 있었다.

> 그 뒤로도 나는 여러 차례 창을 열고 이켠을 보고 있는 그 남자의 시선을 느낄 수 있었다.
>
> —「중국인 거리」

「중국인 거리」에서 '나'는 비로소 자신 밖의 타자를 피력하기 시작한다. 그리고 그 타자의 경험 때문에 "빈 항아리의 좁은 아구리에 얼굴을 들이밀어도 온몸의 뼈가 물러앉는 듯한 센 물살과도 같은 슬픔"이 사라지지 않는 감정의 변화를 겪게 된다.

> 그는 내게 종이꾸러미를 내밀었다. 내가 받아들자 그는 몸을 돌려 안으로 들어갔다. 열린 문으로 어둡고 좁은, 안채로 들어가는 통로와 갑자기 나타나는 볕바른 마당과, 걸음을 옮길 때마다 투명한 맨발에 찰랑대며 묻어오르는 햇빛을 보았다.
>
> 나는 골방에 들어가 문을 잠근 뒤 종이 뭉치를 끌렀다. 속에 든 것은 중국인들이 명절 때 먹는 세 가지 색의 물감을 들인 빵과, 용이 장식된 엄지손가락만 한 등이었다.
>
> —「중국인 거리」

「중국인 거리」의 '그'는 사춘기를 벗어난 화자를 지배할 욕망의 대상이 된다. 이 타자가 소설의 마지막 부분에서 화자에게 선물을 준다. 선물(종이꾸러미)을 받게 된 날, 어머니는 여덟번째 아이를 난산 끝에 출산하고, 나는 초경을 치르게 된다. '내'가 '나'의 '거울' 안에서 타인의 얼굴을 감지하게 된 순간, 화자는 자신을 타자와 구분하게 되고, '나'는 어머니처럼 타인의 존재를 분만할 수 있는 여인들의 세계로 진입하는 또 하나의 의례적 사건을 경험하게 되는 것이다. 그 분만의 자리에 분만의 거울(어머니)이 있다.

타자들

오정희 소설에서 아버지가 등장하는 경우는 아주 드물다. 간혹 등장하더라도 아버지는 화자와 적대적인 관계를 갖는다. 「옛우물」에는 남편의 선배인, 경상도의 어느 마을에서 과수원을 하고 있는 사람이 등장한다. 그는 독일 유학생이었는데 모종의 사건에 연루되어, 재판을 받고, 1년간 복역했었다. 그는 풀려난 후 '원거리공포증'이라는 병을 얻게 되어 집 밖으로 나다니지 못하게 되었다. 남편의 선배를 소환한 '그곳'은 복역이 끝난 후에도 남편 선배의 일생을 지배하는 억압의 공간이다. 오정희의 소설에서 '그곳'은 아버지와 같다. 아버지는 부재, 혹은 폭력을 동반한 직무유기로 가족의 일상에 그림자를 드리우는 파괴적인 타자다. 「저녁의 게임」(1979)에서 아버지는 어머니를 정신이상에 걸려 '엉터리 기도원'에서 죽어가게 한 정신적 압제자이며, 「저 언덕」(1989)에서 아버지는 일생을 금광, 노름에 미치고, 여자에 미쳐 어머니를 일찍 돌아가시게 한

증오의 대상이다. 아버지는 그런 행위로 "운명이나 세상 따위 분명치 않은 대상에게 한바탕 속임수를 부린 듯한 이상한 쾌감"을 가지면서 "평생 제 집을 지니지 않았고, 재산과 희망을 갖지 않았"다. 그래서 모든 여자들로부터 종내는 버림을 당했다. 그러나 'KAL기 격추사건' 같은 궐기대회만 있으면 나가 혈서를 쓰고 자해를 하는 6·25 상이용사이다. 그의 소설에서 아버지는 여인들과 아이들의 둥근 세계를 파괴한 존재이다. 「파로호」(1989)에서의 남편도 무능 때문에 해직당하고, 미국으로 옮겨가, 해직교사란 전력을 내세워 투사 행세를 하고, 날마다 가계는 생각지도 않고 집 안에 사람들을 끌어들인다. 그러나 다른 점이 있다면 「저 언덕」의 어머니는 그 아버지의 폭력 밑에서 동생에게 젖을 물린 채 죽는 반면에(소설 속에서 어머니의 친정 식구들은 어머니의 죽음이 자살이었다고 믿는다), 「파로호」의 혜순은 남편의 공간을 떠나 소설을 쓰기 위해 한국으로 돌아온다. 그러나 두 소설에서 아버지의 우익적 행동이나 남편의 반체제적 행위는 구별되지 않는다. 여자인 화자의 시선 속에서 그들은 모두 위선적인 남성들일 뿐이다.

이러한 아버지 밑에서 아버지의 딸들은 「저녁의 게임」에서처럼 낯선 남자에게 가 옷을 벗거나, 「저 언덕」에서처럼 사회적 현실이나 질곡에 냉담해져서 결국엔 주부의 일상에 병적으로 집착하거나 한다. 둘의 행위는 피상적으로는 반대처럼 보이지만 사실상 저항이라는 하나의 행위소다. 「저녁의 게임」이나 「저 언덕」의 아버지는 화자들이 유년 시절, 어머니와의 온전한 동일시를 못하도록 만든 장본인이며, 동시에 「유년의 뜰」이나 「중국인 거리」에서 어머니와의 동일시를 병적인 것으로 만든 파괴적인 타자이며, 적대자이다. 여성 등장인물의 이러한 적대감은 소설 속의 인물들을 종종 광증에 시달리게 한다. 그러나 광증에 빠진 인물의 설정은 소설의 화자가 그 인물을 자신의 욕망 현현의 대리물로 사용함으로써, 작가의 상상계가 폐쇄성에 처하지 않고, 창조적인 세계로 이동하도록 하는 역할을 수행하기도 한다. 「유년의 뜰」에서 아버지에게 잡혀와 골방에 갇힌 채 죽어야 하는 부네나, 「저녁의 게임」에서 미쳐 죽은 어머니는 자학으로 저항하는 화자의 대리자로 존재한다. 이 대리자들은 아버지의 억압성을 강조하면서, 아울러 화자 자신의 상황을 극적으로 비유, 확대, 과장한다. 「옛 우물」의 "파마머리를 봉두난발로 불불이 세우고 두터운 겨울 코트를 입은 한 여자가 입에 불붙이지 않은 담배를 서너 가치 한꺼번에 물고 길 가운데 서서 두 팔을 내두르며 교통정리를" 하는 장면 또한 화자 자신의 광증을 스스로 객관화시키고 바라보려는 전략의 소산이라고 볼 수 있거나 남성성을 희화화하려는 의지로 읽을 수 있다.

그의 소설에서 아버지라는 파괴적인 타자로 말미암은 황폐화된 유년의 체험은 소설에 유산하는 여자들이 많이 등장한다든지(「저 언덕」, 「파로호」), 양녀로 들어온 아이의 옷을 느닷없이 욕조에 집어넣는 것과 같은 광포한 행위를 하게 만든다든지(「인어」, (1981)), 잠자는 숲속의 공주 인형의 옷을 지하실에서 만들다가 강도범을 죽이고, 그 일로 정신 이상의 나락으로 한없이 빠지게 된다든지(「순례자의 노래」, (1983)) 하는 일련의 행태들을 낳는다. 아버지는 등장인물들의 비정상적 행위들을 설명할 수 있는 여성적 정체성 위기의 기제다. 이처럼 그의 소설 속에서 아버지는 전쟁을 일으키고, 허위의 삶을 살며, 여인들의 삶을 파괴한다. 그러나 반항과 질시의 대상인 아버지와 달리, 남편은 추억을 공유한 대상이거나, 무관심의 대상이거나, 여자 주인공의 행동을 이해 못하는 비협조자이거나 해서 훨씬 거세된 모습을 보인다.

'아버지'라는 파괴적인 타자와는 달리 그의 소설에서 가장 베일에 싸인 인물로 등장하는 사람은 '그'라고 불리는 사람이다. '그'는 「중국인 거리」에서의 중국인 남자처럼 신비에 싸여 있고, 소설가는 그에 대해서만은 좀처럼 정보를 주지 않는다(다만 앞의 「중국인 거리」의 인용문에서처럼 그에게로 가는 길은 어둡지만 그가 머무는 곳은 환하다는 것을 알 수 있을 뿐이다). 다만, 우리는 「멀고 먼 저 북방에」(1983)에 나오는 언니의 애인이었던 시를 쓰는 "민형 씨"나 「비어 있는 들」(1979)에서의 그 간절한 기다림을 볼 뿐이다.

「비어 있는 들」에서 '나'는 남편과 낚시를 가 있지만, 자신이 떠나온 집이 있는 그 소도시로 그가 오리라는 예감(이 예감은 '나'의 날마다의 예감이었다)에 시달리면서 남편과 아이에게 시간을 물어대며 '그'가 올 기차 시간을 계산하고, 기다림을 유예시킨다. 그러나 드디어 저녁이 오고,

> 그는 이제 더 이상 낯선 거리에서 머뭇대지 않고 돌아갈 채비를 할 것이다. 저물녘이면 그가 떠나온 곳으로 돌아가 불 밝힌 식탁에 앉으리라.
>
> 선착장에는 사람들이 둥글게 몰려 있었다. 거적에 덮인 시체는 방죽의 화강암 포석 위에 반듯이 누워 있었다.
>
> —「비어 있는 들」

화자는 포기와 함께 한 '주검'을 목격한다. 그리하여 다시 기다림은 유예된다.

그의 소설에서 아버지가 파괴적 타자라면 '그'는 생성적 타

자로 존재한다. '나'는 아버지의 반대편 자리에 '그'를 두고, 기다린다. 아버지 세계 안에 여전히 머물고 있는 '나'에게 '그'가 오지 않는다면 '나'는 부네나 어머니처럼 광증에 시달리거나 「저녁의 게임」에서처럼 아무에게나 스스로 자신의 몸을 방기하는 존재일 뿐이므로.

오정희에게 있어 처녀로서의 화자, 혹은 젊은 부인으로서의 화자는 관계 속에서 자신의 정체성을 세우고자 하는 화자들이다. 이 시기의 화자는 적대적 타자(혹은 세계)와 생성적 타자(혹은 세계)와의 사이에서 갈등하면서, 아이를 낳고, 혹은 유산하고, 기억에 몸서리친다. 그러나 이 시기의 화자들이 이 공동체가 자신들에게 부과한 여성 정체성에 반항하면 할수록 이 공동체는 「순례자의 노래」에서처럼 살인과 정신 이상, 가족으로부터의 버림받음 같은 질곡, 악몽의 길을 열어 보인다.

그러나 공동체 내부에 몸과 정신의 이상으로 균열을 내는 이 여성들의 움직임을 피동적이라고 볼 수는 없다. 이 시기의 화자가 불행과 비극의 예감 속에서 아버지 세계로부터 철저하게 파괴당하는 모습에서 주목해야 하는 것은 오정희 소설이 공동체 내부를 향해 겨눈 여성의 일탈적, 파괴적 정념에 대한 새로운 가치 평가이며, '사랑'을 향해 몸을 열려고 하는 그 기다림이라는 노동 행위이다.

여성신화적 공간의 응시

나는 부엌 벽에 걸린 전화기의 송수화기를 떼어들었다. 지역 번호를 누른 뒤 빠르고 센 힘으로 번호판을 꾹꾹 눌렀다. 아득한 공간 속으로 신호음이 울렸다. 열 번, 열다섯 번, 스무 번. 송수화기를 제자리에 걸고 나는 더운 물을 부은 찻잔을 천천히 휘저었다.

내가 때때로 송수화기를 통해 듣게 되는, 어둠의 심부로 한없이 빨려가 사라지는 신호음. 이제는 영원히 과거시제로 말해질 수밖에 없는 비인칭 명제. 그러나 나로서는 간신히 온힘을 다해 「그」라고 부르는.

그가 죽은 후 오랫동안 나를 괴롭히던 귀울음은 나았다.

누구나 이용할 수 있는 신문의 부고란에서 그의 죽음을 보았을 때부터 내게는 그의 떠도는 전화번호를 불러내어 꾹꾹 눌러대는 버릇이 생겼다.

—「옛우물」

「옛우물」에서 가장 눈에 띄는 언술은 그의 죽음에 대한 화자의 기록이다. 중년의 '나'는 신문의 부고란에서 '그'의 '죽음'을 본다. 그는 '그'의 죽음에 대해 "그가 왜, 어떻게 죽었는가를 묻는 것은 의미없는 일"이라고 말하면서 "그가 죽은 뒤 한동안 내게는 모든 사람들이 시체처럼 보였다. 먹고 마시고 너털웃음 치는 시체, 걸어 다니는 시체, 쾌락을 느끼거나 고통을 느끼는 시체"라고 느낀다. 그렇지만 그는 '그'가 죽었다고 말한 순간부터 기다림의 자세에서 적극적인 움직임의 자세로 환원하여 그의 전화번호를 눌러대는 습관을 갖게 된다. 그러다 결국 전화번호가 바뀌었다는 낯선 여자의 목소리를 듣고서야 전화 걸기를 그만둔다. '나'의 전화 걸기는 '그'의 죽음을 '나'의 몸에 새기려는 지난한 작업이다.

> 마른 빨래를 개키면서 건성 눈길을 주었던 신문의 부고란에서 그의 이름을 보았을 때, 괄호 속에 박힌 직장과 전화번호를 재차 확인한 후 내가 제일 먼저 한 일은 거울을 본 것이었다. 왜 그랬는지 어떤 심리가 나를 거울 앞으로 이끌었는지 나 자신도 알 수 없었다. 거의 무의식적으로 다가간 거울에 조각조각 균열된 얼굴이 비쳤다. 갑자기 눈에 띄는 주름살도, 처음의 놀람처럼 거울이 깨진 것도 아니었다. 오랜 세월 길들여진 관습과

관행이 한순간에 깨진 얼굴이었다.

—「옛우물」

'그'의 죽음이 확인된 순간, '나'가 들여다본 것은 '거울'이다. 거울은「유년의 뜰」에서 유년을 마감하는 순간, 유년의 상징물처럼 깨어졌고, 작품 속의 화자는 상상계를 탈출했었다. 다시,「옛우물」에서 '그'가 사라졌다고 알려지는 순간, 거울은 깨어진 것처럼 '나'에게 착시를 일으킨다. 그러나 곧 '나'는 깨어진 것이 거울이 아니라 '나의 얼굴'인 것을 확인한다. 그렇게 얼굴이 깨어짐과 동시에 '나'는 또 하나의 의례를 감당한다. 나 안의 타자는 "관습화된 관행"처럼 '나'를 묶어두던 '죽음'을 살고 있는 욕망의 총체였으나 '나'는 그 죽음을 목격하고, 확인함으로써 새로운 홀로서기를, 비로소 할 수 있게 되었다. '유리창, 욕실 거울, 목욕탕의 물(물 거울), 우물'로 변주되던 거울이 '우물'이라는 주름과 겹침이라는 복수성을 띤 거울로 치환되자 내 얼굴도 복수성과 중첩성을 띤 얼굴로 치환되는 것이다.

그와의 관계에 대한 욕망의 소멸은 '나'에게 다른 문을 여는데, 그 첫번째 열림이 대상에 대한 냉정한 '응시'이다. 물론 이 응시는 자신의 대리자에 대한 응시이므로 자신에 대한 응시로 풀이될 수도 있겠다. 「옛우물」에서 화자는 한 남자를 응시한다. 그 남자는 "혼란에 빠진 눈길"을 가진 남자였는데, '나'는 그 남자를 "똑바로 바라본다". 그 남자가 '내' 시선에 잡힌 이유는 재떨이에 담배를 걸쳐놓고, 빈 의자("텅 빈 공허, 사라짐의 공포"로 풀이되는)를 남겨놓고, 어느 날의 '나'처럼 전화기를 붙들고 있었기 때문이다. 그때 '나'는 갑자기 "'툭' 소리가 나지 않는 저편의 세계"가 그 남자의 전화기 속에 있음을 본능적으로 감지한다. 그래서 그 남자를 응시하게 되었다. '나'는 그 남자가 자신의 시선 때문에 "가지런히 빗긴 머리를 공연히 쓸어보고 얼굴을 문지르며 흐트러진 눈빛으로 허둥대"는 모습을 놓치지 않고 바라보다가 급기야는 그 남자가 자신의 응시에 당황해서 찻잔을 깨고 밖으로 나가 "죽어가는 개구리처럼 끊임없이 사지를 비틀고 떨어대는" 모습을 놓치지 않고 끝까지 바라본다. 그러곤 발작을 수습한 남자가 "고독하고 허전한 눈빛"으로 사라지는 것까지 놓치지 않는다. 여기에서 내가 주목해보고 싶은 것은 '응시'를 시작한 '나'가 바라본 것이 「유년의 뜰」에서의 부네 같은 미친 여자에 대한 훔쳐보기가 아니라 넥타이를 번듯하게 매고, 머리를 가지런히 빗은 '남자'의 발작을 적나라하게 '응시'한다는 사실이다. 이 소설에서 '나'는 '남자' 속에서도 '나'를 본다. 그것도 집요한 시선으로 파헤쳐본다. 그리고 '남자'에게서 '내' 정신의 한없이 어두운 부분을 파헤친다. 오정희의 소설에서 빈번하게 등장하는 불구자들과 정신이상자들, 병자들은 모두 소설 속 화자의 정신적 상황의 비유였다. 그러나 「옛우물」에서 '나'는 그것을 오히려 '남자'의 발작에 얹어 냉정히, 객관적으로 바라본다.

「옛우물」의 화자는 "열한 평짜리 서민 아파트"인 자기만의 방으로 가면서 또 한 사람의 '남자'를 응시한다. 그는 바보이다. 간질환자에 대한 응시가 자신의 정신 속의 광증에 대한 응시라면, 바보와 그의 집인 '연당집'에 대한 응시는 기억의 공간과 그 속의 아늑함에 대한 응시이다. 바보는 아파트와 아파트 사이에 아직도 있는 '연당집'이란 2백 년 묵은 집에서 노모를 모시고 산다. 그는 그 집의 자손들이 땅을 "떡 잘라먹듯 야금야금 팔아먹는 것"도 모르는 채 그곳에서 쉴 새 없이 일만 한다. 드디어는 그 집이 음식점으로 바뀌기 위해 울타리를 허무는 일에 자신이 가담하고 있는 것도 모르는 채, "보이지 않는 끈에 매여 있는 것처럼" 울타리 나무를 뽑아젖히고 있다. 그 바보와 함께 개나리, 시든 풀, 진달래, 살구나무, 배나무, 해묵은 나무들이 엉클어진 채 누각과 정자와 함께 삭아가는 집을 '나'는 바라본다. 그리고 어느 날 톱에 다리를 다쳐 피 흘리는 바보를 묶어준 '나'의 낡은 스카프를 바보가 나무 위에 높다랗게 매어놓은 것까지도. 이 스카프와 허물어지는 연당집과 바보는 기억 속에서처럼 오롯이 그의 시선을 잡아맨다. 그는 그 기억의 공간을 '응시'한다. 기억의 공간, 소설의 공간이 사라지는 것에 불안에 떨기도 한다. 두부모를 자르다가 손을 다치기도 한다. 울타리 높이 매인 스카프를 보고 느낀 것과 같은 "엷은 수치심 같은 것"을 느끼기도 한다.

'응시'와 함께 그가 선택하는 것은 '나만의 방'을 마련하는 것이다. '나'는 남편의 독려에도 불구하고, 열한 평짜리 서민 아파트를 팔지 않는다. 그곳에 가서 '나'는 '연당집'을 내려다보기도 하고, 낮잠도 자고, 바보의 행동에 전염되어 불안에 떨기도 하며, 세를 주었을 때 살던 젊은 부인이 남기고 간 메모철을 추억의 잔해처럼 들여다보기도 하면서, 점점 더 그 공간 속에 있는 것을 즐기기 시작한다. '나만의 방'은 '그'가 없는 공간이며, 내면적인 자폐가 아니라 외부적으로 획득한 '나'만의 공간이다. '나'는 그 공간 속에서 추억 속의 "금빛 잉어"를 상기한다. '나'는 폐경기의 여성의 몸에 또 하나의 자궁을 잉태하기 시작한다. 그곳이 바로 '우물'이다. '나'는 그 잉태를 위하여 날마다 '나만의 공간'을 향해 연당집이 있던 곳을 지나 걸어간다.

추억이란 물속에서 건져낸 돌과 같은 것인지도 모른다. 물속에서 갖가지 빛깔로 아름답던 것들도 물에서 건져내면 평범한 무늬와 결을 내보이며 삭막하게 말라가는 하나의 돌일 뿐, 우리가 종내 무덤 속의 흰 뼈로 남듯, 돌에게 찬란한 무늬를 입히는 것은 물과 시간의 흐름일 뿐이라는 것을 안다. 그러나 나는 종종 이즈음에도 옛우물과 금빛 잉어의 꿈을 꾼다.

—「옛우물」

'금빛 잉어'는 증조할머니가 '나'에게 우물 속에 산다고 말했던 상상의 동물이다. 이 물고기는 '그'의 죽음 이후 '내'가 발견한 기억의 응축물로 신화적 세계를 열기 위한 첨예한 상징물이다.

혜순이 노인의 손에 들린 풀포기를 유심히 바라보았다. 자줏빛으로 시든 가느다란 줄기와 역시 시들어 본래의 모양을 알기 어려운 몇 잎의 이파리로 대뜸 목화를 알아본 노인의 눈이 신기했다. 그의 말대로라면 사십 년을 땅 속에 숨어 있다가 물 빠질 때를 기다려 싹을 틔운 조화 속을 혜순으로서도 알 수 없는 노릇이었다.

—「파로호」

'금빛 잉어'는 마치 수몰된 목화밭 속에서 40년이나 물속에 숨어 있다가 물이 빠진 40년째의 어느 날 싹을 틔운 목화씨와 같다. 그것은 「파로호」의 여주인공 혜순이 미국에서의 남편과 남자들의 위선적인 현실 대응과 권력 욕구에 진저리치고, 한국으로 돌아와 2천 매짜리 한국소설을 베낀 다음의 창조 욕구와도 같은 것이다. 「옛우물」의 '금빛 잉어'는 '그=물'이 사라진 '나=목화밭'의 목화씨처럼 그렇게 싹을 틔울 것이다. 그리하여 오정희는 "자신이 존재하지 않을 어느 시간대에도 꽃이 피고 새가 울 나무"와 자신의 "생보다 오래 살 나무 별"들 속에 살아갈 이야기(=목화씨)를 생각해본다. 그것은 다름 아닌 물속에 잠겨간 '그'와 '나'의 이야기이며, "옛날 어느 각시가 옛우물에 금비녀를 빠뜨렸는데 각시는 상심해서 죽고 금비녀는 금빛 잉어로 변해가"는 긴긴 시간을 함축해낼 이야기일 것이다.

오정희는 「옛우물」에서 '그'의 죽음을 통하여 '죽음 껴안기'라는 의례를 받아들인다. 죽음의 자리에서 '나'는 소멸하지 않을, 죽음을 건너뛸 여인들의 이야기를 꿈꾼다. 그 꿈꾸기는 여인이 포태한 죽음의 씨앗처럼, 그러나 지금 이 순간, 가장 생명력 있는 '금빛 잉어'처럼 주름진 거울, 우물 속에 들어 있다. '금빛 잉어'는 먼먼 옛날부터 있어온 여인들의 삶의 내용을 싸

안던 이야기들과의 동일시를 이룩해낼 문을 여는 열쇠이다.

어둠이 깃드는 숲에 발걸음을 멈추고 서 있으면 현자가 된 느낌이 든다. 나무의 몸체에 가만히 귀를 대어보기도 한다. 그러나 나는 나무의 말을 알아듣기에는 너무 나이를 먹었다. 나무의 몸에서 귀를 떼고 팔을 벌려 안아보았다. 따뜻한 기운이 느껴지는 것 같았다. 신을 벗고 나무 위로 기어올랐다. 거친 줄기의 속 깊이 흐르는 수액이 향기롭게 맡아졌다. 나무는 곧게 자라 자칫 주르르 미끄러지거나 떨어질 듯 긴장이 되었다. 나는 다리를 꼬아 힘껏 굵은 줄기를 휘감았다. 돌연하고 불합리한 욕구로 몸이 뜨거워졌다. 나는 나무를 껴안고 감아 안은 다리에 힘을 주며 온 힘을 다해 비틀었다. 아아, 억눌린 비명이 터져 나오고 나는 산산이 해체되어 흰빛의 다발로 흩어지는 듯한 짧은 희열을 느끼며 축 늘어졌다.

—「옛우물」

'나만의 방'에서 '어머니들의 방'의 열쇠를 준비한 여인은 "자신의 생보다 오랜" 것들과의 몸 비비기를 통하여 새로운 여성적 글쓰기의 문을 열 것이다. 물론 이때 여행을 나서겠다고 선언하는 여자(어머니)는 양성구유적인 어머니인 양 모성을 전제하거나 필요로 하지 않았다.

오정희의 소설은 여성적 글쓰기의 수행 과정을 거쳐왔다. 그의 글쓰기는 소설가 스스로의 여성성을 발견해가는 과정 안에 있었다. 그의 여성적 글쓰기는 두 가지 시선의 복합으로 이루어지는데 그 하나가 소설적 화자의 행위에 따라 진행되는 여성으로서의 성찰적 글쓰기이고, 또 다른 하나는 기억의 재생을 통해 여성적 의례를 감당해내는 글쓰기이다. 이 두 가지 시선의 교직을 통하여 오정희는 씨앗으로서의 여성, 자아와 타자를 구별하지 못하는 기간 동안의 여성(여성들의 공간에 대한 관찰과 정체성 위기), 자아와 타자가 구별되면서 남성적 공간(공동체)을 관찰하는 여성, 그 공간에서 일탈하고 반항하는 여성, 억압기제에 대한 항변과 그 대안적 인물에 대한 갈망을 드러내는 여성 등등을 현현할 수 있었다.

오정희는 「옛우물」에서 자신 안에 들어차 있던 남성적 타자를 신화적 상징물을 통해 자의적으로 거세하는 여성적 글쓰기의 새로운 수행성을 구현해 보였다. 이러한 글쓰기는 통시적인 여성들의 삶의 세계와 그들 여성들이 만들어내었던 질곡과 승화의 구술들과의 동일시로써 이룩되었다. 내면 공간의 확장과 그 공간 내에서의 항해를 통해 자신을 정의해가고,

자신을 타자화하여 치료하는 그의 글쓰기는 더한층 크고 다양한 복수의 여성의 세계로 나아가게 될 지점에 오래 멈춰 서 있다.

책 뒤에

–

한사코 사이에 있으려는

최근에 수업을 같이했던 오래전 학생들과 자주 얘기할 기회가 있었다. 그들과 얘기하는 중에 나는 그들의 기억 속에서 '내'가 여러 모습으로 극화되거나 작화되어 있는 것을 발견했다. 나는 그들의 기억 속 작은 등장인물일 테지만, '나'는 내가 아닌 그들 자신의 신화와 재미있는 스토리가 되기 위해 오해의 소용돌이 안에 들어가 있었다. 또, 최근에 문학상을 둘러싼 이런저런 얘기들을 들으면서 나의 시에 수백 겹의 오해의 외투가 입혀져, 세상에 나아갔다는 생각을 하게 되었다. 그 오해의 외투들을 다 벗으려면 남은 일생을 다 써도 모자라리란 생각이 들었다. 여성이라서 더 그렇게 된 건 아닌가 하는 생각이 없지 않았다.

왜 그냥 '시'가 아니고 여성시냐고 묻는 사람들이 있다. 나는 그 질문이 같은 땅을 딛고 같은 풍경을 바라보지만 차별과 혐오와 폭력과 억울과 제외에 늘 노출되어보지 않은 사람의 질문이라고 생각한다. 다른 나라의 실정은 자세히 알 수 없지만, 우리나라에선 이 명명이 아직도 엄존해야 하는 이유는 많고도 많다. 가령 우리나라의 텔레비전, 영화 같은 대중문화 프로그램만 들여다봐도 남자들만 오락하고, 요리하고, 정치하고, 여행하고, 사회보고, 역사하고, 군인하고, 심지어 여자도 하고, 각종 미션을 수행하는 것을 당연시하고 있지 않은가. 거의 모든 분야에서 이런 소외 상황에 있다 보면 저절로 식민지인 의식이 내면화되고, 자기 소외나 비하, 부정, 수동성에 빠져 허우적거리게 된다. 그렇지만 다른 한편에선 세계적인 지배 이데올로기가 호명하는 자본주의의 냉정하고 정직한 수행자로서의 면모를 갖춘 여성상을 구현하는 몇몇 여성 지도자들로부터 대리 위안을 받기를 강요받는다. 물론 나는 여성시라는 호명이 여성시인들에게 각각의 정체성을 밖에서 부과해주거나 여성시의 특징들을 자신들의 기준으로 나열하기 위한 분류 때문이 아니어야 한다고 생각한다. 다만 여성시인들이 쓰는 존재론적이고도 방법론적인 그 시적 발성의 주름 깊은 곳에 어떠한 심리적인 왜곡이나 피해자 의식, 악전고투가 숨어 있는지 따로 밝혀보아야 할 이유가 있다고 생각한다. 혐오나 교묘한 질시에 대한 내상을 드러내는 고백들 너머 여성시는 왜 가상의 피륙을 짜고 있는지, 텍스트의 짜임 속에 비밀을 감추고, 수치를 일구기 위해 어떠한 방법으로 위장하는지, 어떻게 다른 시적 영토를 발견하고 그 장소를 운행하는지, 화자의 설정과 그 문체의 결과 틀의 구축이 고백의 내용보다 더한 고백인지, 그리고 그것이 어떻게 해방이 되는지, 심지어 그 장소 없는 장소에서 어떻게 탈주체화를 실현하는지, 혹은 그 자리에서 공동체마저 꿈꾸고 있는지 들여다볼 필요가 있다고 생각한다.

나는 여성시인들의 시가 남다른 발성법과 언어 체계와 상상력을 보인다고 생각해왔다. 그것은 마치 잔존자들의 증언처럼 아직 말해지지 않은 것에 대해 말하려는, 말할 수 없는 것에 대해 말하려는, 그러나 끝끝내 숨겨야만 할 것이 남는 언어적 몸부림이리라고 생각해왔다. 파국의 잔해를 끌어안고 유리조각들에 손을 베면서 오히려 거기서 상처 난 언어들을 구하는 잔존자들 말이다. 살아남은 자들의 언어는 사라진(죽은)

자들의 말을 대신 말하는, 그러나 그것이 종당에는 '나'의 말인 그런 언어, 유령 화자의 언어다.

여성시인에게 자신의 육체는 하나의 텍스트다. 그러나 귀머거리, 벙어리, 장님 텍스트다. 딸꾹질, 기침, 가래 끓는 소리가 나는 텍스트. 자음이 얹히지 않은 모음들로 부르는 노래다. 여성과 죽음과 몸의 언어는 언어 이전이나 이후의 소리들이다. 모음이 폐와 횡격막, 콩팥, 항문과 생식기, 심장으로 낼 수 있는 소리인 것처럼 모음은 몸의 구멍들과 연결되어 있다. 여성의 텅 빈 몸은 다른 몸과 섞이면서 끝없이 변용, 생성되려고 한다. 다른 몸을 대상화하지 않고 섞이려 한다. 증식하려 하고 혼효하려고 한다.

여성시는 하나의 비밀이다. 여성시는 고통을 말로 형언하기 어려운 것처럼 언어화함으로써 깨어져버리는, 감추어도 계속 드러나는, 수치를 잊어버린 시대의 수치감이다. 언어와 언어 사이의 틈새이며, 말하면서도 말해지지 않는 언어적 모험이다. 언어적 주체를 탈주체화시킴으로써 모국어를 해체하는 동시에 현실에 대한, 기억에 대한, 타자의 혐오에 대한 선형적이지 않은 희한한 방법적 대응이며 전투다. 곤경의 언어이고,

비언어다. 전경화할지언정 주체화하지 않기에 전경을 의미화하는 것이 자주 불가능해지는 변방의 언어이며, 벼려지고 잘 길들여진 모국어에 대한 이본의 언어다. 그래서 오히려 언어 이전이다. 나는 이런 언어들이 이방인, 난민, 성소수자, 사회적 약자의 언어들과 같다고 생각한다. 나는 이렇게 부과받은 여성적 정체성을 벗어나 한사코 수많은 성(性)들 사이에 있으려 하는, 모든 이분법들 사이에 있으려 하는 여성시의 모습이 오히려 '시'의 모습이 될 수 있다고 생각한다.

징후, 환상, 유령, 극장, 히스테리 그런 섬뜩하고, 패배적이고, 악마적인 거 이제 그만 좀 하라고 한다. 밝은 곳으로 나오라 한다. 다락방의 미친 여자는 그만하라고 한다. 그러나 다락방의 미친 여자가 그만하란다고 그만할 수 있겠는가. 불이나 지르고, 악이나 쓰고, 뛰어내리기나 하는 수밖에 없지 않겠는가. 그 정처 없는 비명의 배후를 들어줄 필요가 있지 않겠는가. 사실 여성시에게서 이 유령들을 제거하고 나면 시에 현실이 남아 있기라도 하겠는가. 끝없이 회귀하는 유령의 말을 들어주고, 유령의 장소를 재위치시켜주어야 하지 않겠는가. 여성시인더러 유령 그만하라는, 시 밖에서 들려오는 충고는 이제 애도를 그치라는 말로도 들린다. 애도의 불가능성과 지속마저

뭉개는 말로도 들린다. 시인의 숙명인 잔상을 끌어안고 되새김질하는 일을 그치라는 말로도 들린다. 유령의 숙명은 끝없는 회귀가 아닌가. 우리는 지난 세기로부터 한 발자국도 내디디지 못했다.

고백하라고 한다. 고백이 치료라고 한다. '고백하기까지'를 기다려주지 않는다. 그날 그 시간 그 장면들을 얼른 고백하고 훌훌 털고 살아가라 한다. 피해자가 말해야 한다고 한다. 정 안 된다면 대신 고백해주겠다고 한다. 적나라한 장면일수록 좋다고 한다. 관음증이 폭발되면 더 좋다고 한다. 그들이 몰려와 가해자를 처단해주는 척하면서 자신들은 장르의 기득권을 마음껏 향유한다. 그러나 피해자보다 그들이 먼저 말해버리자 비밀의 우물처럼 깊은 '그곳'을 차마 열어보지 못해서, 혹은 이미 죽어서 일평생 장소 밖의 장소, 장소 없는 장소를 맴도는 피해자의 발설은 훼절되고 만다. 그러나 여타의 재난의 글쓰기처럼 여성시는 우회이며, 에두름이다. 끊임없는 차이의 반복이다. 여성시를 읽던 사람이 더러운 것을 보듯 시집을 탁 덮는다. 이제 이런 귀신 씨나락 까먹는 얘기만 들어도 넌더리가 난다. 이제 그만하자. 그러나 여성시는 여기에서 시작한다. 내가 더럽지 않고 그 시선이, 그 수치에의 강요가 더럽다고 생각하는 순간 여성시가 시작된다. 시체의 도저한 일어섬으로 여성시는 시작한다.

진오귀의 무당처럼 죽은 몸의 (대신) 말하기를 시도하는 저 여자 얼굴 좀 보라고 한다. 저 여자의 용기는 제 얼굴을 세우려고 하는 짓이라고 한다. 체제 앞에 맞세운 여성의 벌거벗은 몸을 향해 희생자를 비하했다면서 조롱한다. 쓸모를 따져본 적도, 쓰인 적도 없는 '바리'라는 그 이름처럼, 바리의 저승 노동처럼 시는 오해의 외투가 한 겹 더 껴입혀진다. 그러나 그 엄혹하고 더러운 자리에서 죽음을 싣고 다시 노를 저어 저 강을 건너는(시하는) 곳에 시가 있는 것은 아닌가?

『여성이 글을 쓴다는 것은』(문학동네, 2002) 이후에 '여성이 시한다는 것은?' 하고 질문해보고, 대답하려고 애써본 글들을 모았다.

2017년

괄호 열고 여 괄호 닫고

김혜순

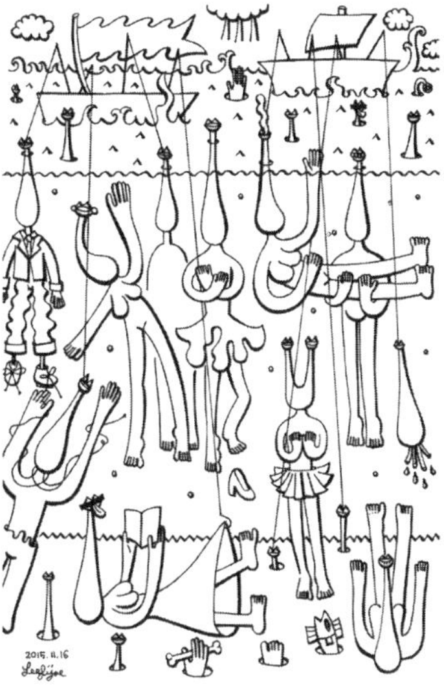

이피 - 바다에서 내려온 외줄에 매달린 사람들